Nicolas Fargues

Tu verras

P.O.L

Né en 1972. A obtenu en 2011 le prix du livre France Culture-Télérama pour *Tu verras*.

Pour Louis
Pour Philippe

La chanson s'appelle peut-être *Nobody wanna see us together*. À moins qu'il ne s'agisse d'un titre plus court, moins explicite. En tout cas, dans le refrain, le dénommé Akon dit : *Nobody wanna see us together / But it don't matter no / I got you babe.* Le reste des paroles, je ne sais pas. Je n'ai jamais cherché à en retenir davantage. La première fois que j'ai vu Clément écouter le morceau, dans la voiture, ça ne m'intéressait pas. Je n'apprécie pas le R'n'B glucose, où les types jouent les cœurs brisés en marcels moulants et pantalons de lin blanc. Cela m'avait surpris, d'ailleurs, que Clément me demande de lui prêter mon ordinateur portable pour intégrer la chanson à son iPod. Avant que ses camarades de classe ne le convertissent au rap français, que je déteste peut-être encore davantage que le R'n'B chewing-gum au kilomètre, avant que ses condisciples blacks et arabes de cinquième B ne lui fassent plus jurer que par Booba, Rohff, Sefyu, Sinik, MC Jean Gabin ou Kery James, j'avais eu la naïveté de croire qu'il aimerait pour toujours ce que, moi, je lui faisais écouter et qu'il me disait (tout au moins jusqu'à son entrée au collège) aimer aussi, au point de me demander régulièrement d'en remplir son iPod : les Beach Boys, David Bowie, les Stones et Nick Cave, bref, toutes ces vieilleries trop sages qu'on ne peut raisonnablement aimer à douze ans que pour faire plaisir à son papa. Lequel, parce qu'il ne s'agit ni de Bach, ni de Brassens, ni d'une quelconque autre vieillerie avérée, s'imagine qu'à écouter cela plein tube dans l'autoradio de sa 206 déclassée, sur le périphérique, son garçon le considérera jeune pour toujours.

Je me demande comment j'ai pu être assez naïf, mais surtout assez idiot, pour prendre la mouche face à ce brutal changement d'orientation musicale de Clément. Comment j'ai pu oublier qu'il entrait en adolescence et me vexer, jusqu'à éprouver le besoin de singer méchamment devant lui, pour tenter de l'en écœurer, tous ces rappeurs racailleux qui aujourd'hui, même si je n'apprécie pas davantage leur musique, me bouleversent rien qu'à l'évocation de leur nom. Car, désormais, je suis susceptible de fondre en larmes à la seule vue d'une casquette de base-ball New Era et son autocollant doré *59Fifty*, d'une chaîne en argent massif reposant sur des pectoraux gonflés, d'un jean baggy porté trop bas et d'un maillot XXL de basketball, tous ces grimages hip-hop pour lesquels je serais prêt à donner ma santé, mes deux bras et mes deux jambes, pour lesquels je serais prêt à endurer les tortures les plus barbares afin de faire revenir Clément et le voir s'en parer aussi, comme ses camarades. Moi qui, au cours de ses derniers mois, lui ai crié chaque matin dans notre salon de relever ce jean qu'il se plaisait à porter à mi-fesses comme on le lui avait montré à l'école. Moi qui lui ordonnais d'arrêter de ruminer à longueur de journée des refrains débiles et vulgaires, et de cesser aussi de prendre l'accent de banlieue au téléphone avec les copains. Cet accent, ce jean porté comme au pénitencier et ces refrains idiots et incultes qui lui ressemblaient pourtant si peu, lui qui aimait, hors l'école, à user de tournures un peu précieuses et redondantes, lui qui, pour s'amuser, se plaisait à dire des choses comme : «Dans l'éventualité du cas où cela t'intéresserait, papa, je t'annonce solennellement qu'il n'y a plus de papier-toilette dans les W.-C.» Lui qui connaissait par cœur la liste des capitales et des drapeaux de tous les pays du monde, lui qui avait appris tout seul qu'on parle le perse et le pachtou en Afghanistan, le tagalog aux Philippines et l'amharique en Éthiopie, lui qui aimait les crèmes hydratantes agréablement parfumées et le confort amidonné d'un t-shirt aplati au fer chaud, lorsque trop rarement je me forçais à lui en repasser un avant l'école.

C'est pour cela que, le jour où *Nobody wanna see us together* passait dans l'autoradio que je venais d'allumer, tandis que nous roulions sur le périphérique tous les deux dans la vieille 206 et qu'il m'a supplié de ne surtout pas changer : « Laisse, papa », il s'est ému en sursautant, se penchant aussitôt en avant depuis la place du mort où je l'autorisais depuis peu à s'asseoir, se penchant malgré la ceinture de sécurité comme s'il voulait protéger l'autoradio de tout son corps, pour être sûr que je ne changerais pas de fréquence, « Laisse, papa, il m'a fait en montant d'autorité le son, j'adore cette chanson ». Avant de me demander le soir même, de retour à la maison, de lui prêter mon ordinateur portable afin de copier le morceau depuis je ne sais quel site illégal de partage musical et de l'ajouter à l'iPod Shuffle bleu que je venais de lui acheter pour la seconde fois, Clément ayant perdu le premier que je lui avais offert pour ses onze ans, ou bien se l'étant fait racketter à l'école, je n'ai jamais vraiment su. Et mon Dieu comme je l'avais traité de tous les noms après qu'il l'eut perdu, cet iPod : « Tu es vraiment sans respect pour les cadeaux que je te fais », je lui avais crié dans le salon. « C'est insupportable, de te voir à ce point négligent de tout », « On ne peut jamais te faire confiance », « Tu n'es pas fiable », « Tu te la joues gros bras avec ton slip qui dépasse de ton jean et ton accent de banlieue mais au fond tu es toujours un bébé, tu mériterais que je ne t'offre plus rien », je lui avais dit en tordant ma bouche dans un rictus dégoûté et mauvais, humiliant et culpabilisant au possible.

C'est pour cette raison, donc, que, dès le soir

même, en entendant Clément derrière la porte de sa chambre fredonner tristement ce refrain avec ses écouteurs sur ses oreilles, comme le parfait préado qu'il était devenu depuis quelque temps, c'est pour cela que j'ai immédiatement pensé qu'il devait être amoureux. Parce que ce ne sont certainement pas ses camarades amateurs de rap français qui, après Rohff, Sinik et consorts, lui avaient recommandé d'écouter le sirupeux et plaintif Akon, ça non. Je me suis demandé si ce n'était pas plutôt à la faveur de ce séjour en Auvergne qu'avaient planifié ses professeurs pour la fin de l'année scolaire, ces quatre jours à La Bourboule dont Clément était revenu si bizarre, si ce n'était pas à la faveur, tout particulièrement, de la toute dernière soirée du séjour, juste avant le retour à Paris, cette sorte de boum de clôture organisée à l'intention des élèves, si ce n'était pas à la faveur de la nuit de mi-juin, de la musique, de la pénombre et des quelques spots de lumière colorée qui rendaient plus beaux et plus lisses les visages des filles de la classe, et plus particulièrement celui de Maria ou de Rania, je n'ai jamais vraiment su laquelle des deux il trouvait la plus jolie, si ce n'était pas sur le visage de l'une d'elles que Clément, pour la première fois de sa vie, avait cristallisé son émotion et sa profonde perméabilité à tout cela : la nuit, l'été naissant, la musique et le reste.

Seulement, à cet air tristement absent qu'il avait eu en rentrant, dès sa descente de train, parmi ses camarades auprès desquels, en ma

présence, de honte il ne voulait pas trop s'attarder, à ce mystère sans joie qu'il y avait sur son
visage au moment où, trois jours plus tard, il
s'était enfermé dans sa chambre avec ses oreilles
bouchées par les écouteurs de l'iPod, j'avais
compris que ce ragga-slow d'Akon lui faisait
tout autant de bien que de mal, davantage de
mal sans doute si l'on considérait l'ironie des
paroles. Car, comme les capitales et les drapeaux, Clément aimait l'anglais. Clément aimait
faire l'effort de comprendre et de prononcer
l'anglais avec l'accent en classe, peu importaient
les railleries imbéciles des Saïd, des Bacar et
des Kevin. Et que, très certainement, Rania ou
Maria avait dû, tandis qu'il s'agissait d'inviter
un garçon à danser collé-serré ce soir-là sur la
chanson, avait dû en préférer un autre que lui.
Que c'est sur cette mélodie mélasseuse mais
irrésistible que sa vie de préadulte s'inaugurait,
cet incomparable mélange de désir naissant pour
une fille et d'amertume de se voir préférer un
autre.

Cela, je l'ai deviné non seulement à la triste
solitude qui se lisait sur les traits de Clément au
moment où il est allé s'enfermer dans sa chambre,
mais surtout à son visage tout court, à ce visage
encore rond de l'enfance, à cette trop grande
humilité dans les joues et dans le sourire, à cette
enfance qu'on lisait encore sur son gros cartable
de petit garçon qui surplombait innocemment le
jean porté à mi-postérieur, à son bout de sexe
imberbe sous la douche, cette impudeur ingénue

avec laquelle, régulièrement, il traversait nu et dégoulinant d'eau l'appartement à la recherche d'une serviette propre et bien sèche dans le placard de ma chambre. Les joues et le sourire de Clément disaient encore l'enfance. Mais les yeux, si l'on savait regarder, les yeux de Clément disaient, eux, ce qu'il gardait pour lui tout seul : toutes les impitoyables humiliations qu'on s'inflige à cet âge entre garçons, entre filles et garçons. Et moi, je savais qu'ils disaient aussi, ces yeux de mon fils, sa si forte sensibilité et sa profonde perception des choses et des individus, de tous les individus, y compris de ces filles qui n'en valent pas autant la peine qu'elles veulent s'en donner l'air, même si cela ne change rien au désir qu'elles peuvent éveiller en vous. Ces yeux qui ne pouvaient pourtant aimanter l'attention d'une Maria ou d'une Rania, trop objets de désir de tous les garçons de la classe pour s'attarder à comprendre ces yeux. Maria et Rania qui moulaient leurs appâts déjà bien éclos dans des jeans slims portés au plus près de leurs fesses et que ne surplombaient pas, elles, de gros cartables de petit garçon. Les Maria et Rania qui déjà se maquillaient et jouaient les petites bonnes femmes à l'intention plutôt de types comme Saïd, Kevin ou Bacar : du poil précoce au zizi, pas non plus de gros cartables de petit garçon dans le dos et tout aussi effrontés face aux filles que dotés de visages et d'yeux sans mystère.

Mais, de la même façon que, constatant que Clément était excessivement ému par cet Akon à marcels moulants et lin blanc, cela m'avait démangé de lui administrer une bonne leçon de bon goût et de lui prouver qu'il se trompait et que mes papys chanteurs à moi valaient tellement mieux que cela, de la même façon, donc, je m'étais retenu de lui administrer une despotique leçon de vie ce jour du retour de La Bourboule. Par respect pour ses premiers secrets d'adolescence, par respect contraint pour cette première fin sérieuse de non-recevoir qui m'était signifiée lorsqu'il est parti s'enfermer dans sa chambre, je me suis abstenu de me mêler de ce qui ne me regardait pas et de lui dire tout le mal que je pensais des Maria et des Rania, affublées de jeans bien trop moulants pour leur âge et grimées comme deux petites putains. Je me suis retenu de lui démontrer que, d'ici à vingt ans, la morgue de leur jeunesse et de leurs seins fermes passée, elles auraient cessé de faire la fine bouche sur les pistes des dancings et patienteraient comme tout le monde dans la queue au supermarché, avec leur cul bas et leur air quelconque, avec des mouflets à nourrir à la maison, avec les problèmes de fric, de boulot et de mari, comme tout le monde. Et qu'alors elles n'auraient même pas l'imagination suffisante pour rêver, tout à leur caddie plein de courses tristes qu'elles seraient, tout à leur Bacar, Kevin ou Saïd de mari qu'elles seraient, elles n'auraient même pas le privilège de se remémorer l'intensité du regard d'un Clément. Et mesurer par là que, vingt ans plus tard, une fois poussé le poil au zizi et débarrassé de ses joues rondes et trop humbles, débarrassé de son gros cartable et de la stupide influence des Jason et des Bacar, une fois canalisés les affres de son excessive émotivité, eh bien l'incarnation de la délicatesse, de l'humour et du bon goût, bref, le Prince charmant, ce serait lui, mon Clément.

Un peu plus et j'allais prendre le métro, comme d'habitude. Je n'ai pas eu besoin d'atteindre la bouche de la station pour me souvenir qu'il me faudrait rebrousser chemin. Constater qu'elle était de nouveau ouverte au public, regarder les gens monter et descendre les escaliers puis passer les tourniquets comme si de rien n'était, comme si le cours des choses n'avait jamais été interrompu, regarder les touristes demander leur chemin, les amoureux se retrouver près du kiosque à journaux et les couples avec valises et enfants rejoindre la gare de Lyon pour les grands départs en vacances, tout ça, je n'aurais pas supporté. Non, c'est dans l'ascenseur que j'en ai pris conscience, en tâtant machinalement les poches latérales de mon treillis pour vérifier que j'avais bien tout emporté comme d'habitude : mon téléphone portable, mes clés, ma carte bleue, mon porte-monnaie et mon passe Navigo. C'est en effleurant de mes doigts le bord arrondi de l'étui en plastique que je me suis souvenu que la dernière chose à faire, ce serait de prendre le métro comme d'habitude et d'aller constater l'immuable permanence des choses et du monde : les gens, les escaliers, les tourniquets, le quai et ses voyageurs, les rames et le trafic qui auraient repris leurs droits. J'ai touché dans le fond de ma poche le bout arrondi de mon passe Navigo et j'ai retiré aussitôt ma main avec la sensation d'un écœurement violent, d'une hostilité fondamentale du jour et du monde des vivants à mon égard. J'ai retiré brutalement ma main, avec pour unique objectif de retourner à l'appartement jeter le passe à la poubelle et de prendre mes clés de voiture à la place. Mais comme les portes de l'ascenseur s'étaient déjà refermées depuis longtemps, j'ai dû patienter jusqu'au rez-de-chaussée.

En bas, les portes se sont rouvertes et quelqu'un est monté dans la cabine, ce qui m'a contraint à m'écarter pour laisser entrer et retourner un bonjour mécanique. Jamais je n'avais à ce point ressenti d'indifférence quant à la promiscuité avec un inconnu dans une cabine d'ascenseur. Et sans doute ai-je manifesté à ce point d'indifférence et d'absence vis-à-vis de la personne que celle-ci, homme ou femme je ne sais pas, que l'individu lui-même n'a pas dû ressentir non plus, puisque ces choses-là sont communicatives, la moindre gêne tout au long du trajet. Et c'est sans doute par reconnaissance pour ma discrétion, ou peut-être par compassion pour l'effarement las qui devait se lire sur mon visage, ou tout simplement par simple politesse, que, au moment de sortir, quelques étages au-dessous du mien, le septième, le neuvième, le dixième étage, je ne sais plus, que l'inconnu m'a lancé un «Bonne journée», ou peut-être un «Bonnes vacances» cruellement innocent auquel je n'ai pas eu le courage de répondre.

En revanche, je ne saurais dire pourquoi j'ai rendu à l'agent de sécurité son signe de la main lorsque je suis sorti de l'immeuble, une fois mon passe Navigo jeté au vide-ordures et mes clés de voiture récupérées. L'habitude encore, comme le métro. Ou peut-être parce que, l'homme étant africain, je n'ai pas osé ne pas lui rendre son salut machinal, de crainte de lui sembler trop arrogant, raciste. Et qu'en outre, doté d'un gabarit beaucoup plus imposant que celui de l'inconnu de l'ascenseur, avec l'aplomb de son visage de colosse tranquille, l'homme a exercé sur moi une forme d'intimidation, un subtil asservissement qui, l'espace d'un instant, m'ont fait oublier Clément. Mais en apercevant le pull bleu marine de laine barré d'une bande horizontale rouge caractéristique, me souvenant aussitôt que, plus petit, Clément m'avait demandé pourquoi les agents de sécurité de notre immeuble portaient des uniformes de sapeurs-pompiers, me souvenant aussi de mon incapacité à lui répondre autre chose qu'un expéditif «Parce qu'ils doivent être pompiers», sans chercher à en savoir davantage, passé mon salut et mon pâle sourire, l'aplomb débonnaire du colosse africain m'a poignardé le cœur. Même chose dans le second ascenseur menant au parking de la rési-

dence où, sortant de ma poche le passe cruciforme spécifique à introduire dans une serrure
spéciale, j'ai visualisé Clément me demandant,
jusqu'à son entrée au collège, chaque fois que
nous nous rendions au parking souterrain pour y
prendre la voiture, s'il pouvait lui-même introduire le passe dans la serrure et puis tourner. «À
ce petit jeu là, il te faudra te débarrasser de tout,
tout jeter à la poubelle, changer d'appartement,
changer de ville, changer de vie», ai-je tenté de
me raisonner en introduisant le passe dans la
serrure cruciforme et en tournant malgré tout,
en me contraignant pour chasser de mon imagination les doigts de Clément qui avaient saisi le
même métal et dont, avec le matériel adéquat,
on pourrait encore révéler les empreintes par
endroits.

Je me suis efforcé de regarder la clé sans états
d'âme, l'ascenseur est descendu au quatrième
sous-sol et je me suis engagé dans les allées du
parking, que je tentais de considérer tout aussi
froidement que le métal du passe cruciforme, en
me convainquant qu'il ne s'agissait que d'une
vaste galerie souterraine de béton brut, de laque
industrielle pour sols et de néons, destinée à protéger du vol et des intempéries les véhicules des
quelque 3 200 habitants de la résidence, et non
de l'espace désert et sans flic tout désigné pour
donner, deux semaines auparavant, le matin
même du périphérique et de la chanson d'Akon
dans l'autoradio, sa première leçon de conduite
à Clément, dont les jambes étaient devenues suf-

fisamment longues pour atteindre l'embrayage et le frein sans perdre de vue la route dans le pare-brise devant lui. Cette première leçon de conduite qui l'avait rendu si enthousiaste, j'avais pensé que c'était la dernière chose que je pouvais partager avec lui sans qu'il se force, moi qui n'écoutais Rohff ni ne portais de jean baggy en laissant dépasser mon slip. Même le foot au stade ensemble, il ne voulait plus. Car je lui faisais honte, désormais, en l'appelant «Mon Clem'» devant les gamins du quartier, qui venaient seuls au stade, eux, sans père. Je devais l'embarrasser, avec mes t-shirts 70's de vieux décalé et mes façons de papa, mon accent, mes gestes et mes expressions de mon âge et de mon milieu social un peu plus élevé que la moyenne. Clément avait honte tandis que j'avais, moi, l'impression d'avoir quatorze ans, toujours aussi intimidé par les dribbles vertigineux, les dégaines et les façons de bouger de ces gamins qui m'appelaient «Hé, m'sieur!», mais dont j'avais le sentiment, sur le stade, d'être le contemporain, malgré les vingt-cinq ans écoulés depuis mes quatorze ans à moi sur le même stade du même quartier. Je lui faisais honte, avec mes manières de quadra juvénile, tout comme il avait fini par avoir honte, peu de temps après son entrée au collège, que je vienne l'attendre par surprise à la sortie des cours, certains soirs que je terminais plus tôt au bureau, au point de faire semblant de ne pas m'avoir aperçu, de poursuivre son chemin de son côté et me supplier le soir, dans le salon, de ne plus m'aviser de recommencer.

J'ai donc marché dans le parking en me demandant si prendre ma voiture ne s'avérerait pas pire encore que le métro, sachant que je ne serais pas au bout de mes peines, une fois la portière ouverte, en identifiant parmi les cadavres divers qui jonchent régulièrement les carpettes élimées du plancher et la banquette arrière, quelle canette vide de Coca à la cerise, que Clément affectionnait tant, le Coca dont je lui disais toujours qu'il en buvait beaucoup trop, que c'était mauvais pour la santé, mais que je ne pouvais m'empêcher de lui acheter par packs entiers de douze au supermarché. Car davantage peut-être que la santé de mon fils, il m'importait de lui faire plaisir. À moins que ce ne soit à moi-même que je faisais plaisir en lui faisant plaisir, fût-ce au détriment de mes propres recommandations et, peut-être, de sa santé. C'est bizarre, l'amour parental, me disais-je parfois en regardant Clément. Aimer son enfant, est-ce en aimer un autre que soi ou bien continuer de s'aimer soi-même, mais sans s'accabler de la mauvaise conscience d'être égoïste ? Peut-on vraiment parler de sens du sacrifice et de générosité lorsqu'il s'agit de donner aux siens ?

J'ai donc ouvert la portière en restreignant volontairement mon champ de vision, afin de ne pas rencontrer de canette vide de Cherry Coke traînant sur le plancher de la voiture, au même titre, ai-je pensé en m'asseyant, au même titre que je ne m'attarderais pas trop non plus lorsqu'il s'agirait, le moment venu, de vider le coffre de toute une accumulation de vieux déchets : bouteilles vides, chaussures dépareillées, baleines de parapluies, K-Way crotté, piquet de tente de camping, et, surtout, bon nombre d'effets usagés ayant appartenu à Clément que, comme le reste, j'avais par paresse négligé de jeter tout au long de ces années, jugeant que tout cela pouvait bien attendre, qu'il n'y avait pas mort d'homme.

Je n'avais jamais pensé revenir un jour au cimetière du Père-Lachaise, sous quelque prétexte que ce soit. Vers quatorze, quinze ans, j'avais sacrifié une fois ou deux au rituel de la visite à la tombe de Jim Morrison, que j'avais trouvée sinistre et sale, avec ses graffitis et ses bouteilles de bière vides en guise de cierges. Sale, triste et sans intérêt, mais sans oser l'avouer à ceux de mes camarades de l'époque qui m'avaient traîné là, des adolescents tout aussi tristes et sales que la tombe de Morrison mais qui m'impressionnaient suffisamment cependant pour que je leur emboîte le pas dans leur stupide pèlerinage, incapable que j'étais alors de me rendre compte qu'ils étaient quelconquement cons, avec leurs panoplies vestimentaires déprimantes et leurs rites conformistes, exactement comme les Saïd, les Kevin, les Jason et les Bacar de Clément, pareil. À cette seule différence que mes adolescents à moi me forçaient à écouter les

Doors et de la Coldwave britannique, que j'ai cru aimer à l'époque, tout comme Clément aura cru, pendant un peu plus d'un an, aimer le rap français auquel le contraignaient Bacar, Saïd, Kevin et Omar.

Le Père-Lachaise, vers quatorze, quinze ans, je n'aimais pas cela. Et il n'a pas davantage éveillé mon intérêt au cours des vingt-cinq années qui ont suivi, n'ayant jamais trouvé d'attrait aux cimetières en général, à l'exception peut-être de celui de Lourmarin, dans le Vaucluse, peut-être parce qu'Albert Camus y est enterré sous une pierre tombale très simple, avec du romarin et le chant des cigales tout autour, et que la seule fois que je m'y suis rendu, c'était en plein cœur de l'été, à mille lieues que j'étais alors d'associer l'été à l'idée de la mort.

Le Père-Lachaise, au cours des vingt-cinq années qui ont suivi mes deux ou trois déprimants pèlerinages sur la tombe d'un chanteur-poète que je faisais semblant de révérer uniquement afin de ne pas passer pour un rabat-joie auprès des plus dépressifs des ados de ma classe, le Père-Lachaise, j'avais le sentiment qu'on n'y enterrait plus personne hormis de vieilles vedettes de variété ou de vieilles gloires politiques. Le Père-Lachaise, pour moi, cela restait avant tout une station de métro excentrée, un point de repère très occasionnel, un must touristique parisien qu'en tant que Parisien, au même titre que la tour Eiffel ou le Sacré-Cœur, je ne visiterais jamais de ma vie. Mais certainement pas le lieu où, pour 214 euros au lieu des 419 du tarif adulte, des employés municipaux de la Ville de Paris procéderaient à l'incinération de mon garçon de douze ans.

Je suis arrivé bon dernier dans la salle, les regards des autres me l'ont bien fait sentir, qui disaient que cela était quand même inconvenant, ce retard, pour un père aussi affecté que j'étais supposé l'être. De la même façon, ils ont jeté sur mon treillis et mon t-shirt non repassé des yeux plus réprobateurs que compatissants. Mon père surtout, qui, flanqué de Katia, sa nouvelle fiancée russe ou ukrainienne, s'était apprêté dans une mesure proportionnellement inverse au peu d'intérêt que lui avait toujours inspiré Clément, avec sa chemise blanche neuve qu'il portait par-dessus la ceinture, pour laisser flotter un flou au-dessus de bourrelets qui le tracassaient (mais moins qu'avoir à renoncer une bonne fois pour toutes au beurre et à la bière), avec son pantalon de coton fluide mais pas trop clair quand même assorti aussi bien à la circonstance qu'à la saison, avec ses fins souliers de cuir, si souples qu'ils épousaient l'oignon du gros orteil de chaque pied, avec toute cette coquetterie faussement nonchalante de vieux photographe séducteur jamais résolu à devenir grand-père, lui que Clément n'avait jamais su comment appeler, ni Papy, ni Pépé, ni Grand-père, ni Bon Papa, ni rien du tout, juste Claude, comme tout le monde. Lui qu'être simplement père avait encombré tout autant, incapable qu'il fut jamais de nous consacrer, à Anne et moi, un peu d'attention ou d'écoute sans penser à autre chose : une femme, une photo à prendre ou à envoyer à un magazine, incapable de partager avec moi un jeu sans se lasser et jeter l'éponge après trente secondes. Incapable qu'il fut, lorsque j'avais très exactement l'âge de Clément, de m'épargner son corps nu à cul creux copulant sur le sable d'une petite crique déserte, en Corse. « Reste sur le bateau avec ta sœur », il m'avait dit avec une gourmande désinvolture, « Restez tous les deux sur le bateau, on va faire une petite promenade, avec Nathalie », ou Mireille, ou Régine, ou Catherine, je ne sais plus. Incapable qu'il fut de concevoir qu'au bout de trois bons quarts d'heure de son absence, un peu inquiet, il serait envisageable que je laisse Anne sur le bateau, que je plonge à mon tour et nage les quelque trente mètres qui séparaient la coque du rivage. Et que, une fois parvenu sur le rivage, ne l'y trouvant pas, je me risque à aller chercher mon père un peu plus loin, au-delà des rochers. Et qu'après quelques minutes, ayant escaladé les premiers blocs de pierre qui bordaient la crique, tout en débouchant sur un minuscule dégagement avant les rochers suivants, sorte de plage de poche, sorte d'avorton de plage niché par erreur parmi les escarpements de la côte, guidé par un instinct pernicieux, je découvre bouche bée le cul creux et livide de mon père avec son gros paquet de couilles rougeaudes besognant l'entrecuisse d'une Nicole, d'une Rolande ou d'une Chantal que, après d'expéditives présentations le matin même, au terme de deux ou trois bonnes heures à bronzer immobile et seins nus à l'avant du bateau, sans nous avoir fait l'aumône d'une seule question à Anne et moi, ni la faveur d'un sourire ou d'un simple regard, que je découvrais crue, haletante et fébrile, aussi concrète qu'un tremblement de terre.

Plus de vingt-cinq ans après les Mireille, Nicole, Chantal, Solange ou Marie-Josée, Katia, au moins trente-cinq ans de moins que mon père, Katia, elle, puisque je n'avais désormais plus l'âge d'être négligé et qu'à mon tour j'avais du poil au zizi et un paquet de couilles, Katia la Russe, l'Ukrainienne, l'Estonienne ou la Lituanienne, je ne sais plus, non contente d'être maquillée et vêtue dans cette antichambre du crématorium du Père-Lachaise comme pour aller danser, Katia, malgré la vie qui venait de me tourner le dos sans prévenir, Katia tâtait le terrain en laissant traîner à mon intention un regard qui, au-delà de ma douleur, interrogeait mon désir : «Le père, et pourquoi pas le fils aussi, tiens, pendant que j'y suis», devait-elle être en train de s'imaginer. «Ce fils plus débraillé que son père, moins riche mais aussi moins de bide et quand même plus jeune, ce qui n'est quand même pas négligeable.»

Non moins réprobateur que le regard de mon père, celui d'Hélène, la mère de Clément, venue accompagnée elle aussi de ses parents et de son grand Jean-Pierre droit comme un i dans ses vêtements sombres, pantalon gris et polo Lacoste noir rentré dedans, Jean-Pierre créateur fortuné d'une gamme d'accessoires de toilettage pour chiens auquel l'argent et la réussite, le cottage à Étretat, la Saab 900 tout cuir et l'honorable handicap au golf autorisaient à mon égard une compassion magnanime mais quelque peu méfiante, cette assurance que je n'avais pas été le mari qu'il fallait à Hélène, mais mâtinée néanmoins du malaise que suscitait chez lui la riche souplesse de mon langage, mon sens de l'ironie et mon indifférence non feinte pour tout cela : la Saab, le golf et les locations de vacances à Saint-Barth ou Hammamet.

De la réprobation, donc, dans le regard qu'Hélène a aussitôt baissé en m'apercevant, dans ses yeux noyés et dévastés comme les miens, mais pas suffisamment pour mettre un terme, provisoire au moins, à notre guerre froide de sept ans. Pas suffisamment pour tomber dans les bras l'un de l'autre et pleurer ensemble toutes les larmes de notre corps pour cet enfant que nous avions fait et commencé d'élever ensemble. Pas assez pour cesser de m'en vouloir d'avoir obtenu un jour devant un juge aux Affaires familiales la garde de Clément. Une garde que, peut-être, elle n'avait jamais tout à fait cessé d'en vouloir à Clément d'avoir si jeune lui-même demandée. Clément dont elle ne digérait pas, au fond, qu'il préférât une petite chambre au quatorzième étage d'une tour sans identité aux moulures d'un cent vingt mètres carrés haussmannien à Vincennes, une vieille 206 jonchée de canettes vides de Coca à la cerise au feutré d'une Saab climatisée et parfumée au Dior, un père fonctionnaire et mené par le bout du nez par les femmes à une mère si bien remariée et à nouveau maman de deux enfants si bien élevés et si bien scolarisés, écoutant Chopin et fréquentant un établissement privé aux coûts d'inscription bien trop élevés pour tous les Kevin, Saïd et Omar des portes de Paris-Sud.

Je me suis tant attardé à trouver grotesques tous ces regards d'adultes à mon intention que j'en avais, l'espace de quelques secondes, presque oublié que, cinq jours plus tôt, le jour avait changé de couleur et de goût pour tout le reste de ma vie. Puisque je ne pouvais pas ignorer qu'il y avait d'autres personnes que moi dans cette antichambre du crématorium du Père-Lachaise où, toute la journée durant, comme la veille et les jours précédents, comme le lendemain et les jours suivants, des familles à qui la vie venait aussi de tourner incompréhensiblement le dos défileraient les unes à la suite des autres, les douleurs envahissant la salle puis s'évanouissant, d'autres douleurs leur succédant puis s'évanouissant à leur tour, puisque je ne rencontrais que des yeux hostiles ou indifférents dans cet espace depuis lequel je pouvais apercevoir, dans la pièce voisine, un angle de bois du cercueil de Clément, j'ai cherché en vain parmi ces regards celui de ma sœur. «Non, ne viens pas, ce n'est pas la peine. Tu ne vas pas tout laisser en plan à ton boulot, chercher quel-qu'un pour garder les enfants jusqu'au retour de Laurent et te taper vingt-quatre heures d'avion pour l'incinération de Clément», je lui avais dit au téléphone en me forçant pour me montrer convaincant, malgré mon besoin panique de retrouver Anne à mes côtés comme unique sou-tien face à ces regards et face au cercueil de bois dans lequel le visage impassible et méconnais-sable de Clément reposait. Anne qui considérait Clément avec la même affection que nous avions l'un pour l'autre depuis l'enfance elle et moi, profonde et inconditionnelle. «Ne viens pas, c'est trop triste», j'avais dit en retenant un san-glot dans mon téléphone portable, songeant que, sans elle, sans la conviction que laisser venir mes larmes en sa présence pourrait adoucir quel-que peu ma douleur comme du velours sous les flammes, «Sans elle», j'avais songé tandis qu'éprouvant l'étouffement monter dans ma gorge je luttais pour me retenir de hurler dans le téléphone, «Sans elle je me tuerais sur-le-champ, j'ouvrirais la fenêtre de la cuisine et hop!, qua-torze étages plus bas, on n'en parlerait plus». Même si aucun moyen de se donner la mort ne m'avait jusque-là paru moins enviable que la défenestration, moi qui souffrais maladivement, médicalement, de vertige. «Je ne veux pas que tu le voies comme ça, on le reconnaît à peine», j'avais poursuivi en sentant l'éruption monter depuis mon ventre. «Tu ne vas pas faire tout ce long trajet et dépenser tout cet argent pour une petite cérémonie qui va durer vingt minutes», j'avais ajouté sur un ton presque badin pour contrecarrer l'explosion, le dernier chant d'oiseau avant les bombes. «Vingt minutes à tout casser», j'avais insisté en craquant brusquement sur *tout casser*, sur la dernière syllabe que j'ai pleurée, puis gémie pendant une minute entière peut-être, avec mon portable parfaitement intact et impassible dans le creux de ma main, avec les larmes d'Anne en écho qui grésillaient dedans depuis l'autre bout de la planète, surpris que j'étais, malgré tout, par ce voile rauque insoupçonné dans ma voix, ces râles et ces larmes incongrus qui, comme on purge un radiateur réticent au seuil de l'hiver, m'ont aussitôt rappelé que cela faisait au moins vingt ans que je n'avais pas pleuré.

Mes yeux, qui ne s'étaient pas attardés davantage sur ceux de mon père et de Katia, d'Hélène, de ses parents et de Jean-Pierre, mes yeux qui ne voulaient pas rencontrer non plus le bout de cercueil de l'autre côté du rideau entrouvert, mes yeux qui ne savaient plus où se mettre pour se faire oublier, mes yeux ont balayé expéditivement le reste de la salle, rencontrant au passage les silhouettes des employés des Services funéraires, costumés et cravatés de sombre eux aussi, jambes légèrement écartées et pieds en canard, les mains reposant à plat l'une au-dessus de l'autre sur leur bas-ventre, avec, parmi ces doigts au repos, sous les manches boutonnées des chemises blanches bon marché, des phalanges tatouées d'ex-taulards, et parmi les poi-gnets une épaisse gourmette en argent qui pen-dait lourd et lâche et qui m'a fait penser qu'après le service, l'homme enfilerait un t-shirt et rirait gras. Il y avait aussi un type accompagné de deux adolescents. «Je suis Monsieur Hatier, le profes-seur de mathématiques de Clément», s'est-il avancé vers moi tandis que je me contraignais à lever mes yeux jusqu'aux siens. L'homme s'était approché avec une compassion sobre qui laissait supposer une certaine franchise, et c'est l'émo-tion sans doute, ou bien l'égard dû à un père qui vient d'être assommé pour le reste de sa vie, qui l'a poussé à se présenter de nouveau. Précaution inutile puisque je me rappelais parfaitement, même dans la douleur, surtout dans la douleur, l'avoir rencontré déjà deux fois. La première à l'occasion d'une réunion parents-professeurs organisée fin septembre au collège, et la seconde après avoir trouvé dans ma boîte aux lettres, à la mi-mars, le médiocre bulletin de second tri-mestre de Clément. «Tu vas me chercher immé-diatement ton carnet de correspondance, que je prenne rendez-vous avec ton prof de maths», j'avais froidement menacé dans le salon tout en désignant de mon index le bulletin que, de rage, j'avais fini par chiffonner et jeter au visage de Clément en me composant une expression aussi méprisante et humiliante que possible. «Ça devient complètement catastrophique, ton année scolaire», j'avais ajouté d'un ton alarmiste. «Moi, je m'en fous. C'est de ton avenir qu'il s'agit, pas du mien», j'avais complété en faisant mine de m'apaiser dans le mépris, exactement sur le même ton que tous les parents inquiets du monde, encore plus soucieux de l'avenir de leur enfant que du leur, et sans me douter une seule seconde que, non seulement Clément n'aurait pas d'avenir, mais que ce professeur de mathématiques, que je m'étais figuré aussi inflexible que le 5/20 de moyenne qu'il avait griffonné d'une écriture précise et sans appel dans la colonne *Second trimestre* du bulletin de Clément, sans me douter qu'un jour, illustrant à la perfection le vieil adage *sévère mais juste* qui va si bien à la plupart des professeurs de mathématiques de collège, que ce serait lui et pas un autre qui ferait le déplacement jusqu'au crématorium, sans doute informé de l'accident par le secrétariat du collège auquel, dans les minutes qui avaient suivi la nouvelle, sous le choc j'avais passé moi-même un coup de fil aberrant, signalant que Clément ne pourrait participer à la prochaine rentrée de septembre puisqu'il était mort, qu'il fallait en conséquence le désinscrire, le rayer des listes, voilà, j'appelais juste pour prévenir, au revoir madame, bonne journée et bonnes vacances.

«Jérôme et Jessica ont tenu à m'accompagner», a poursuivi Hatier en désignant les deux gamins qui l'encadraient et qui, peut-être parce qu'on leur avait un peu forcé la main, n'avaient pas pris le temps, avant de venir, d'ôter leur panoplie d'ados, leurs t-shirts marqués respectivement NIKE AIR et TOKIO HOTEL, leurs slims réglés vingt centimètres sous la ceinture et les fils d'écouteurs de leur iPod pendant autour de leur cou. Ils se tenaient à carreau dans cette antichambre du crématorium, polis comme dans le bureau d'un proviseur de collège, ayant repéré du coin de l'œil le bout de cercueil de Clément dans la pièce d'à côté, mi-sonnés, mi-fascinés, ne se rendant pas bien compte sans doute, étant à douze ans dans l'incapacité de concevoir raisonnablement qu'ils finiraient bien par mourir un jour eux aussi, dans l'incapacité de concevoir qu'ils n'avaient pas toute la vie devant eux. Et, de fait, ils l'avaient, tout l'avenir devant eux, cela se sentait aux grandes vacances qui reprendraient leur cours exactement là où ils les avaient laissées avant d'entrer dans cette pièce, aux deux écouteurs pendant sur leurs épaules qu'ils renfonceraient dans leurs oreilles sitôt ressortis à l'air libre, lorsqu'ils appuieraient sur la touche Reprise de lecture de leur iPod, retrouvant quel morceau de Rihanna et de Tokio Hotel exactement là où ils l'avaient laissé avant que leur professeur ne les somme de le rejoindre au Père-Lachaise où leur camarade Clément était sur le point de se faire incinérer, histoire de représenter la classe en l'absence des autres élèves, les Bacar, les Kevin, les Saïd, les Maria et les Rania.

C'est pour cette raison, c'est parce que, bons camarades ou non de Clément, lequel les avait peut-être laissés indifférents avec ses joues rondes et son sourire trop humble, avec son charisme encore trop vert et ses yeux qui ne parlaient qu'à ceux qui savaient les regarder, c'est parce que je ne supportais pas de voir Jessica et Jérôme si vivants, si promis à leur avenir, que, me composant à grand effort un tout dernier sourire, j'ai remercié avec impatience Hatier pour sa délicatesse, tout en ajoutant qu'il serait préférable de ne pas assister à la cérémonie jusqu'au bout, que cela risquerait de gâcher les vacances de Jessica et de Jérôme, merci à tous les trois d'être venus, je suis très touché, au revoir et bon été. Et tandis que je tournais à nouveau les talons en essayant de chasser de mon esprit l'image insoutenable de Jérôme et de Jessica, lesquels retourneraient aussitôt à leurs grandes vacances et à leurs père et mère respectifs, des parents sans doute à mille lieues d'imaginer raisonnablement pouvoir perdre leur enfant un jour et qui, peut-être, d'ici quelques heures, à l'heure du dîner, assis à la table familiale, entre l'entrée et le plat de résistance, après avoir baissé le volume de la télévision, lorsque Jessica et Jérôme, un peu sonnés et pas beaucoup d'appétit, leur raconteraient comment ils étaient entrés dans l'antichambre d'un crématorium d'où l'on pouvait apercevoir, dans la pièce voisine, le bout d'un cercueil au fond duquel était allongé leur camarade de classe Clément décédé dans des circonstances aussi atroces que stupides, des parents qui sans doute prendraient alors la mesure du drame pendant quelques secondes, sans manquer de remercier Dieu ou la providence de leur avoir épargné un tel cauchemar, compatissant le temps de finir de dresser la table en prenant un peu conscience de la fragilité des choses et de ceux qu'on aime plus que tout au monde, et puis qui finiraient bien par passer à autre chose, à remonter le volume de la télé ou à changer de sujet de conversation, à se lever de table pour aller chercher le plat suivant ou à commenter la meilleure qualité des tomates en été qu'en hiver. Allez, mange quelque chose, ne pense plus à ça, c'est la vie, tu ne vas pas aller au lit le ventre vide, quand même.

Tandis, donc, que je tentais d'échapper à tous ces gens dont la présence ne faisait qu'ajouter à ma confusion, ne sachant plus où réfugier mes yeux et mon imagination, coincé que j'étais entre le bout de cercueil de la pièce voisine d'un côté et les sanglots hostiles d'Hélène de l'autre, tandis que je me demandais, maman morte, Clément mort et Anne vivant si loin de France, pour quel individu sur terre j'aurais désormais le cœur de continuer à vivre, quelqu'un a prononcé mon nom et a dit en tendant la main : «Jean-Michel Garcia, de la RATP. On s'est eu au téléphone, avant-hier.»

Ce mot «RATP» que je ne considérerais plus jamais comme avant. Qui, désormais, n'évoquait plus pour moi ce géant administratif tentaculaire aussi bonhomme et routinier que ses kilomètres de rails, mais une trahison aussi brutale qu'indifférente et souveraine. Et, avec ces quatre lettres-là, la trahison de millions d'usagers qui continuaient, eux, à se laisser bercer chaque jour par ce roulis de ferraille et de néons sans imaginer un instant que, dans mon coin, je l'associerais pour toujours au malheur. «J'ai bien pris note que vous ne souhaitez pas bénéficier du soutien psychologique que nous vous avons proposé. C'est votre droit le plus légitime, je ne vais pas insister», a poursuivi l'homme avec davantage de prudence tandis que mes yeux chassaient pour rencontrer de nouveau l'angle de bois verni du cercueil où Clément reposait depuis trois jours, ce bois clair aux poignées d'étain ouvragées saugrenues, si impersonnelles, ce bois industriel sans histoire mais qui pourtant, mêlé à ses cendres, accompagnerait Clément bien plus longtemps que je l'aurais, moi, son propre père, accompagné en douze ans d'existence. «Mais on a pensé», insistait l'homme dont le ton perdait de sa contenance à mesure que mes yeux s'immobilisaient sur le bout de cercueil, «mais on a pensé», répétait-il avec une douceur malhabile tout en me tendant quelque chose de sa main, «que cela vous aiderait peut-être de rencontrer ces personnes. Ce sont deux témoins de l'accident qui ont spontanément proposé de se mettre à votre disposition si vous désirez les rencontrer, tenez, ils ont laissé leur nom et leur numéro de téléphone sur ce papier», a-t-il achevé tandis que, m'arrachant à ma contemplation hébétée du coin de cercueil, je saisissais l'enveloppe à logo qu'il me tendait tout en balbutiant un «merci» sans âme, ce cercueil que je n'avais pas besoin d'aller regarder de plus près pour savoir qu'y reposait le visage désormais sans âge de

Clément, restauré tant bien que mal par les thanatopracteurs des pompes funèbres, ces embaumeurs qui avaient par magie fait disparaître les restes de sang séché, les yeux exorbités et le rictus général d'effarement figé que j'avais découverts à la reconnaissance du corps, du temps que Clément n'avait pas encore été rafistolé par les services médicaux de la police. Ce visage que, d'ici quelques minutes, une fois tout le monde passé dans la pièce voisine où le cercueil tout entier serait promis au four, ce visage que j'interrogerais une dernière fois avant les flammes, sans y lire plus rien de douze années aussi prometteuses qu'inutiles, douze années de la vie d'un être dont il avait fallu qu'elle soit brutalement interrompue pour que je comprenne qu'elle donnait un sens à la mienne, nulle autre trace de ces douze années de chair vivante que deux paupières plombées et des contours de marbre.

«Allô? C'est moi», m'a téléphoné Caroline peu après dix-huit heures, une forme de précipitation embarrassée dans la voix, «ça a déjà commencé?» «Non! Merde! C'est pas vrai!» elle a lâché lorsque je lui ai indiqué que la cérémonie venait de se terminer, que c'était fini, que Clément avait brûlé. «Mais tu ne m'avais pas dit dix-sept heures?» elle a poursuivi sur un ton hésitant de reproche. Je l'imaginais dire cela un peu penchée en avant, le cou tendu, tout en lissant au ralenti de sa main une mèche de cheveux derrière son oreille, comme lorsque au cours de nos rares disputes, de nos explications plutôt, je lui reprochais un égoïsme auquel elle ne pouvait, de toute façon, pas changer grand-chose. Scènes de ménage rares et très modérées, jamais un mot plus haut que l'autre. Non tant parce que nous nous entendions si bien qu'il était inutile de crier ou de s'insulter, non. Au contraire, c'est parce que nous étions l'un et l'autre si différents, nous nous comprenions au fond tellement peu qu'il eût été parfaitement stérile de s'énerver. «Oh! Mon dieu! C'est pas vrai! je viens de comprendre!» s'est-elle agitée toute seule au téléphone tandis que je songeais que, paradoxalement, c'est maintenant que Clément était mort que je trouverais tout naturellement la volonté de mettre un terme à cette médiocre association, où même le sexe ne se pratiquait plus que sur les bases d'un malentendu, moi restreignant mes élans pour ne pas l'incommoder d'un désir qui ne la flattait plus, et elle se contraignant occasionnellement à s'offrir à moi pour ne pas trop désavouer non plus, à vingt-huit ans à peine, cette image de femelle désirable et charnelle que, près de trois ans auparavant, elle n'avait pourtant pas hésité à mettre en avant pour me faire quitter Laetitia. «Je comprends!» s'épuisait-elle en soupirs à l'autre bout du fil, «C'est à cause du décalage horaire! J'avais complètement oublié qu'il est une heure de moins à Londres!» Paradoxalement, c'est maintenant que Clément n'aurait plus à endurer la présence de Caroline à la maison que je trouverais le courage de la quitter. Clément dont j'avais toujours eu conscience de la réserve à l'égard de Caroline, laquelle le lui rendait bien, cette jalousie et cet agacement à peine contenus de jeune femme belle, ambitieuse et capricieuse en concurrence dont, enfant, j'avais, avec Anne, moi-même fait les frais auprès des Chantal, Sylvie, Laurence et autres Marie-Dominique de mon père qui ne supportaient pas qu'il fût père. Clément qui, comme moi à son âge à mon propre père, n'osait jamais rien me dire, si pudique, sensible et plein de tact qu'il était malgré son rap et ses baggies à mi-slip. Clément qui n'osait pas se plaindre ni franchement faire la gueule, mais dont je devinais très bien la volonté, à défaut de revoir ses parents un jour à nouveau réunis, de m'avoir un peu plus pour lui tout seul, de ne pas systématiquement partager les dîners, les conversations, les week-ends et les vacances avec Caroline. Une volonté que, lâchement, à l'instar de mon père trente ans plus tôt, je faisais mine de ne pas saisir, incapable que j'ai été jusqu'au bout, tout comme mon père, de prendre le risque de dire non à une femme afin de tenir davantage compte des désirs aussi profonds qu'inexprimés de mon propre enfant.

«Oh là là! Je suis vraiment désolée, j'ai honte. Tu ne m'en veux pas trop?» continuait-elle de se lamenter dans son portable tandis que je ne me pardonnais pas d'avoir trahi Clément au profit d'une capricieuse immature qu'il fallait sans cesse rassurer, dont il fallait toujours remonter le moral après les conversations hystériques avec la maman au téléphone mais qui, en près de trois ans de lit commun, ne m'avait jamais consenti la moindre fellation. «En fait, je voulais t'appeler ce matin du séminaire, mais c'était impossible. Pas moyen de trouver cinq minutes pour m'isoler, tu connais les Anglais, ils ne rigolent pas avec le boulot», s'obstinait-elle en dépit de mon silence. «Avec Alain, d'ailleurs, on est complètement vannés par ces cinq jours», a-t-elle osé ajouter après une pause étudiée, jugeant sans doute qu'elle avait suffisamment compati, oubliant de relever que, cinq jours auparavant, précisément, alors qu'elle filait joyeusement pour Londres sanglée dans son tailleur d'apprentie maître du monde, la vie me tombait dessus sans que, apprenant la nouvelle à son arrivée à Londres, elle ait seulement envisagé un demi-tour possible. «Tu comprends, ça fait six mois qu'on le prépare, ce séminaire, avec Alain.»

«Avec Alain, on est vannés», elle a donc enchaîné avec un faux détachement, sans s'imaginer non plus que, malgré ma constance à son égard, malgré ma disponibilité toujours corvéable à merci pour ses caprices, j'avais bien compris que ledit Alain était devenu davantage qu'un bon camarade de boulot depuis quelque temps, avec ses dix ans de moins que moi, ses dix centimètres et ses vingt kilos de muscles en plus, avec ses trekkings au Chili, son eau de toilette sport et son humour de jeune cadre apprenti maître du monde, avec tout cela mais pas suffisamment d'oreille peut-être pour les gros coups de déprime et les petites sautes d'humeur de Caroline pour mériter qu'elle me quitte tout à fait.

«Mon Eurostar arrive à 22 h 16», elle a ajouté avec une feinte légèreté. «Comme c'est un peu tard et qu'Alain ne rentre à Paris que lundi, tu crois que tu pourras venir me chercher?» «Mais je peux très bien aussi prendre un taxi», elle s'est reprise d'elle-même dans la foulée, «Je comprends très bien que tu ne sois pas en état.»

J'ai garé ma voiture en double file, claqué la portière, traversé hors les clous parmi le trafic et je suis entré dans la Fnac sans prêter attention à rien, ni au classement des meilleures ventes de livres du moment, ni aux nouveautés informatiques. Je me suis dirigé droit vers le rayon Soul R'n'B du département CD, où j'ai dû attendre mon tour avant de demander au vendeur de me donner l'album où le chanteur Akon disait dans le refrain : *Nobody wanna see us together*. J'ai demandé cela sans prendre la peine de prononcer le mieux possible en anglais, comme je ne manquais jamais de m'en efforcer du temps que Clément n'était pas mort, et comme j'avais appris à Clément à le faire, sans se préoccuper de ce que les autres pouvaient bien penser, un vendeur de la Fnac ou tous les Jason, Bacar et

Saïd du monde. Le vendeur, qui a compris immédiatement à quoi je faisais allusion, m'a répondu dans un murmure blasé que le bon titre c'était *Don't Matter*, et il s'est levé tout de suite de son siège pour aller chercher le disque dans ses rayons. Il s'est levé gentiment, sans soupirer ni me faire attendre davantage, sans doute parce que, comme l'embarras que j'avais épargné à mon voisin dans l'ascenseur plus tôt dans l'après-midi, il devait y avoir dans mon attitude quelque chose d'impérieux indiquant que, vu mon état, la mauvaise volonté à mon égard n'était envisageable de la part de personne. Le vendeur est revenu en me tendant l'objet, sur la couverture duquel était apposé un sticker « Parental Advisory » qui, pendant une fraction de seconde insensée, m'a fait penser qu'il ne faudrait pas que Clément écoute puisque ce n'était pas de son âge.

Il y avait une contravention coincée dans les essuie-glaces de mon pare-brise, ainsi qu'une demande d'enlèvement de mon véhicule collée sur une fenêtre latérale. J'ai aussitôt retiré le PV de l'essuie-glace, sans regret, prenant conscience que, désormais, l'argent, comme ma voiture, comme la loi, cela n'avait plus aucune importance. Puis je me suis remis au volant, sans avoir non plus pris la peine de décoller de la fenêtre la demande d'enlèvement. Une fois réintégré le trafic automobile sur la chaussée, j'ai profité du premier feu rouge pour déballer le CD. Comme je peinais à entamer de mes ongles la pellicule de cellophane, j'ai dû prendre dans ma poche la clé de mon appartement pour percer. Je n'avais pas terminé d'ôter le CD du plastique que le feu était repassé au vert et que, devant moi, le boulevard s'étendait, dégagé, impatient. Les klaxons ont commencé de s'accumuler dans mon dos mais je n'ai pas bougé, moi qui, jusqu'à la mort de Clément, m'étais toujours montré d'une correction et d'une politesse exemplaires sur les routes. Le monde pouvait bien s'écrouler tout autour de moi, j'ai achevé d'ôter le film transparent, j'ai sorti le CD de son boîtier, je l'ai introduit dans la fente de mon autoradio et je me suis directement rendu à la douzième plage de l'album.

Aux premières mesures de la chanson, mes yeux se sont embués d'un coup. Je sentais les larmes s'accumuler et alourdir mes paupières inférieures comme une bombe à eau. Une puissance impérative se soulevait dans mon ventre, anesthésiant les viscères et les muscles. Je me demandais si c'était le vent du malheur ou bien l'onguent qui atténuerait enfin ma douleur. Et je pensais que, jusqu'à la semaine précédente, de la même façon, les mêmes harmonies du morceau avaient tout à la fois chaviré le cœur de Clément et passé du baume sur son chagrin. Car, me suis-je dit tandis que mes paupières crevaient sous le trop-plein de larmes, afin de parer aux moments les plus insoutenables, la nature a bien fait les choses pour les hommes : le corps est ainsi conçu qu'il trouve des solutions pour nous empêcher de mourir de chagrin, un peu comme on finit par s'évanouir sous la torture.

Ma poitrine se soulevait à mesure que la voix du chanteur Akon s'installait dans l'habitacle. Et parce qu'il n'y avait rien d'autre à faire dans cet espace si étroit, j'ai posé mes avant-bras sur le volant et je me suis effondré dedans, laissant sortir par mes yeux et ma bouche cette irrésistible montagne dont je ne savais si elle restait à gravir ou si j'en approchais enfin le sommet. J'étais immobile, la tête enfouie dans l'arceau sans fond formé par mes deux avant-bras, la joue et mes cheveux collés au caoutchouc du volant par la morve, l'eau et le sel de mes larmes tandis que le chanteur Akon débitait dans l'habitacle, de sa voix aigre et pleurnicharde, des paroles dont je n'avais pas besoin de chercher à saisir le sens pour qu'elles déversent en moi, seconde après seconde, une inconcevable souffrance. Le feu avait dû repasser deux ou trois fois au rouge entre-temps. Les klaxons se chevauchaient sauvagement dans mon dos, des insultes fusaient parfois derrière la vitre de ma portière. J'avais bien conscience d'être une entrave au monde organisé des hommes, mais cela, désormais, comme tout le reste, m'était bien égal. C'est parce que je n'avais pas le choix que je n'ai rien fait jusqu'à la fin de la chanson : ni bougé d'un pouce ma voiture, ni relevé la tête de mon volant, ni cherché à essuyer les larmes et la morve qui me brûlaient les yeux.

Je me suis réveillé une première fois vers vingt-trois heures, tiré d'un sommeil sans rêve par les longs coups de sonnette exaspérés de Caroline, qui, parce que j'avais par mégarde remis la clé dans la serrure, à l'intérieur de l'appartement, ne parvenait pas à ouvrir la porte depuis le palier. À la pharmacie de garde, j'avais acheté une boîte de Donormyl et, une fois chez moi, j'avais avalé quatre comprimés d'un coup, dépassant à dessein les doses prescrites dans la posologie. Puis je m'étais jeté tout habillé sur mon lit, tentant de me concentrer sur l'effet du médicament pour ne penser à rien d'autre. «Ça fait au moins vingt minutes que je sonne», a dit immédiatement Caroline, à qui j'ai fini par ouvrir dans un semi-coma chimique écrasant. Caroline à qui je ne sais plus dans quels termes j'ai signifié aussitôt de s'en aller, que je voulais rester seul, avant de fermer la porte et de m'en retourner m'écrouler sur le lit, moi qui n'avais osé, de ma vie, me montrer impoli ou simplement ferme avec une femme.

Le lendemain, il m'a fallu moins d'une seconde de flottement à mon réveil pour prendre conscience que je ne cauchemardais pas, que c'était bien réel, exactement comme les matins qui avaient suivi la mort de maman, puis, plus tard, ceux qui avaient suivi la séparation d'avec Hélène. À chacun de ces réveils, des semaines durant, cela m'avait demandé la même courte seconde pour me souvenir que je ne rêvais pas, que c'était la vie tout cru qu'il me faudrait affronter jusqu'à la nuit suivante. Le cerveau encore fourmillant de l'excès de Donormyl, je suis resté le nez dans mon oreiller, incommodé par l'odeur rance de mon cuir chevelu pas lavé depuis cinq jours, à attendre en vain de me rendormir. Au bout d'un quart d'heure, je me suis levé comme un convalescent et je me suis dirigé vers la fenêtre de ma chambre, revigoré malgré tout par ma première nuit complète depuis l'accident. Il faisait un soleil blessant dehors. Tout en bas, sur le trottoir, les passants s'obstinaient à vivre, inconscients que, quarante mètres plus haut, la vie venait de tourner le dos sans prévenir à un homme qui plus jamais ne marcherait sur un trottoir avec une telle insouciance. Une jeune mère poussait un landau. Jusqu'à la mort de Clément, chaque fois que je croisais une mère avec son nourrisson, je pensais : «Toutes ces nuits sans sommeil qu'il lui reste à subir, toutes ces couches à changer, ces kilos d'accessoires à emporter à chaque déplacement, ces milliers d'heures d'aliénation à tenir l'enfant dans ses bras et à surveiller qu'il ne porte rien de dangereux à sa bouche», me flattant d'avoir un grand fils capable de s'habiller seul et de me laisser dormir le dimanche matin. Cette fois, en suivant des yeux cette femme et sa poussette, j'ai pensé que, tout comme de marcher sur le trottoir avec insouciance, je ne pourrais plus jamais me flatter d'avoir de l'avance sur toutes les mamans d'enfants en bas âge. Et que ce n'était pas d'avoir élevé un fils pendant douze ans qui faisait de moi un père puisqu'il n'y avait plus rien que mes souvenirs, des documents administratifs et quelques photos pour le prouver. Je me suis demandé si, une telle entorse à l'ordre des choses, la vie pouvait la prendre aussi en charge, comme de perdre trop tôt sa mère ou de se faire un beau jour quitter par sa femme après vous être l'un et l'autre promis l'éternité.

On a sonné à la porte. C'était Caroline et sa valise à roulettes de jeune femme mobile et ambitieuse. Elle se forçait pour contenir ses nerfs. «Écoute, je comprends très bien que tu sois hyper mal, c'est tout à fait normal. Mais ce n'est pas non plus une raison pour me traiter comme une merde, tu aurais pu au moins me laisser entrer. Je suis allée dormir dans un hôtel sans culotte de rechange, ce n'est pas très agréable», elle m'a dit en gardant une main sur la poignée télescopique de sa valise et en levant l'autre vers mes cheveux dans un effort de bonne volonté. Je me suis laissé toucher en retournant à Caroline une ébauche de sourire, puis j'ai aussitôt posé ma main sur la sienne, incapable que je me suis toujours avéré avec elle de recevoir un geste de tendresse sans volonté à tout prix de le lui rendre, ayant toujours ressenti ses attentions tactiles comme autant de dettes que je contractais auprès d'elle et qui seraient susceptibles de m'être renvoyées à la figure au moment opportun. J'ai donc caressé sans passion le dos de cette main qui me caressait les cheveux avec une conviction feinte et sans véritable désir de me consoler. Je l'ai caressée de la même façon exactement que, depuis près de trois ans, Caroline me prodiguait des caresses tout aussi sèches et égoïstes qu'elle-même. Des caresses qui ne faisaient que me frôler, sans que jamais ses doigts rencontrent ma chair, comme cela se fait lorsqu'on aime sans compter ni peser.

Tandis que, afin de ne pas me sentir trop redevable, ma main caressait mécaniquement la main trop abstraite de Caroline, j'ai pensé que, à l'instar de toutes les femmes qui l'avaient précédée depuis ma rupture avec Hélène, je ne l'aimais pas. Que, parmi toutes les femmes que j'avais connues dans ma vie, il n'y avait qu'Hélène que j'avais pour ainsi dire aimée. Non parce que je m'étais mieux accordé avec elle qu'avec les autres, non parce qu'elle s'était montrée plus aimante à mon égard, moins égoïste et moins capricieuse que les autres, non. Hélène s'était révélée, à sa façon, tout aussi égoïste et capricieuse que les autres femmes. Je l'avais aimée uniquement parce qu'elle était la mère de Clément, et qu'ensemble nous formions une famille. Et que renoncer à n'importe quelle femme aujourd'hui, aimante ou non, égoïste ou non, ne me rendrait jamais autant malade que d'avoir perdu la famille que nous formions, Hélène, Clément et moi, lorsqu'elle m'a quitté. Chaque fois, au cours des années qui ont suivi notre divorce, chaque fois que je suis parti en vacances ou en week-end avec une femme, surtout en l'absence de Clément, je pensais que je ne serais jamais tout à fait en paix, que je ne me détendrais jamais autant que si j'étais parti exactement au même endroit avec Hélène et Clément. Cela me fendait tout particulièrement le cœur lorsque je croisais des familles. Lorsque, au bras de la femme qui m'accompagnait alors, je croisais un père, une mère et leurs enfants embarquant dans un avion, ou bien assis ensemble à la terrasse d'une crêperie. J'avais envie de leur dire que moi aussi j'avais eu un jour une famille unie, que moi aussi j'avais connu ce bel équilibre dont on ne prend pas forcément conscience qu'il vous comble lorsqu'on est ensemble, lorsqu'on n'est pas séparés, pas divorcés. Cet ordre tout simple de la nature dont on ne se rend pas compte alors qu'il est votre bien le plus précieux au monde, bien plus précieux que toutes les femmes de dix ans vos cadettes dont vous enlacerez les hanches en vous imaginant être redevenu un jeune homme, et dont la présence jamais ne vous donnera plus parfaite sensation de complétude.

Alors que Caroline m'agaçait le cuir chevelu de sa main que j'avais recouverte par réflexe de la mienne, plutôt que de la prendre dans mes bras et de la serrer comme l'amoureux que j'avais cessé d'être du jour où Hélène m'avait quitté, plutôt que de voir signifier une nouvelle fin de non-recevoir à mon désir d'elle, puisque je pensais qu'aller faire l'amour avec Caroline dans ma chambre m'aurait aidé à oublier un peu que je n'aurais plus jamais goût à rien pour de bon, plutôt que de me heurter une nouvelle fois à toutes ces mauvaises habitudes, j'ai préféré ôter ma main, soustraire calmement ma tête à ses caresses, et je lui ai dit, sur un ton tout aussi calme et impérieux qu'avec le vendeur de la Fnac, la veille, je lui ai dit tout de go qu'il vaudrait mieux qu'on se sépare, l'état dans lequel je me trouverais désormais jusqu'à ma mort étant incompatible avec la vie de couple. «Euh, tu es sûr?» ma répondu Caroline que je prenais un peu de court, mais que je sentais enfin concernée, dont je sentais le cerveau tourner à plein régime pour évaluer le pour et le contre de cette petite bombe que je déposais dans son quotidien. «Et mes affaires, j'en fais quoi en attendant?» elle a ajouté après quelques secondes désorientées tandis que, ayant tourné les talons, je me dirigeais vers la salle de bains. À défaut d'amour, une longue douche, c'était déjà ça.

Tous les repères habituels se résorbaient en une continuité glacée d'asphalte et de béton: l'écriteau «Ouverture à 9 h 30, merci» accroché chaque matin par les livreurs sur le rideau de fer de la boutique Naturalia, la croix clignotante de la pharmacie de l'angle, le gros logo façon bonbonnière de la crèche parentale La Mare aux marmailles, les effluves de pain frais et de lessive propre s'échappant des grilles d'aération de la boulangerie. Même la grande verrière du hall d'accueil, le bois clair du mobilier et les ficus en pots n'exerçaient plus leur vertu apaisante. En m'apercevant depuis son desk, Nora s'est composé un air profondément douloureux et, couvrant de sa paume le micro de son casque, elle m'a dit : « On m'a appris la nouvelle, je suis vraiment désolée. » Avant de me faire comprendre d'un index embarrassé qu'elle n'avait malheureusement pas le choix, qu'il lui fallait reprendre l'appel du client dans ses écouteurs, le boulot c'est le boulot. J'ai hoché la tête d'un air entendu, « Merci Nora », et j'ai poursuivi mon chemin vers l'ascenseur. Au troisième, Ricœur et Touzet rigolaient devant la machine à café. En me voyant apparaître, ils se sont immobilisés dans un murmure, avec leur gobelet de plastique en apesanteur entre leurs doigts, et m'ont regardé sans un mot, avec un air de gamins pris la main dans le sac. Pour les mettre à l'aise, je leur ai adressé un signe qui pouvait signifier quelque chose comme : « Ne vous inquiétez pas les gars, continuez à vous marrer, c'est normal », et je suis rentré dans mon bureau.

On avait déposé devant l'ordinateur un vase contenant une abondante composition de fleurs blanches, parmi lesquelles je n'ai pu identifier que le lys et la rose. C'était la première fois de ma vie que, excepté les dîners organisés à la maison du temps que je vivais avec Hélène, on m'offrait des fleurs. La deuxième chose qui m'est venue à l'esprit en regardant le bouquet, c'est que ce n'est pas moi qui en changerais l'eau, ainsi qu'Hélène pensait toujours à le faire, comme se rappeler les dates d'anniversaire des copains ou emporter des lingettes et des serviettes propres en voyage au cas où. D'ici à deux jours, à coup sûr, ces fleurs baigneraient dans une eau croupie puis faneraient, de façon tout aussi absurde que Clément était né, avait appris à parler, à écrire, à s'habiller et à manger tout seul, à réfléchir, à commencer de cultiver des goûts qui lui étaient propres en vain, pour rien du tout, pour finir avant terme dans un incinérateur. Les femmes de ménage de la société se chargeraient alors de jeter ces fleurs inutiles à la poubelle, sans se douter qu'elles auraient été déposées là à la mémoire d'un enfant mort dans sa treizième année.

Une carte de couleur crème avait été placée en équilibre entre les tiges du bouquet, sur laquelle on avait fait imprimer en relief «Notre peine profonde, Nos plus sincères condoléances». Suivaient les signatures manuscrites, d'encres et de couleurs diverses, de la totalité des employés de l'étage. J'ai jeté le bristol à la corbeille, écarté le vase, et je suis tombé sur la photo de Clément collée au Patafix sur le bord de mon écran d'ordinateur. Je l'avais prise moi-même lorsqu'il avait six ans, avant les baggies dépenaillés, le rap et les premiers chagrins d'amour, à l'occasion d'une fête de fin d'année à son école. C'était un gros plan de lui chantant de trois quarts, bouche ouverte, parmi les enfants de la chorale de sa classe. Maintenant qu'il était mort, la photo me semblait préfigurer cette fin précoce : la bouche qui chantait mais les yeux qui n'y croyaient pas, les yeux qui pensaient au-delà, avec cet éclat mélancolique dont, des années après, au moment des jeans qui pendent, du rap et de son gros cartable de garçon à joues rondes, Clément ne s'était toujours pas départi. Cette photo, je l'avais prise avec un appareil dont je ne me suis jamais resservi par la suite, un vieux reflex Olympus ayant appartenu à mon père et qu'il m'avait donné peu de temps auparavant en me disant, moi que la photo n'intéressait pas particulièrement : « Tiens, tu devrais t'y mettre un peu et prendre au moins des photos de ton fils. C'est important pour plus tard, les photos. » Pour ne pas contrarier mon père, touché par cet exceptionnel acte de générosité de sa part, j'avais accepté l'appareil, mais sans lui dire que je trouvais qu'il avait un sacré toupet, de me donner des conseils, lui dont l'unique fait d'armes en matière d'éducation était, précisément, de m'avoir bombardé de photos tout au long de mon enfance et de mon adolescence.

Cet Olympus, je n'en ai fait usage qu'à l'occasion de cette fête de fin d'année scolaire. La veille, j'étais allé acheter des boîtes de films et, le matin, j'avais potassé pendant deux bonnes heures le mode d'emploi que mon père, qui conservait tout, m'avait remis en même temps que l'appareil. Le soir même, après une journée entière passée à mitrailler n'importe quoi et n'importe qui en me persuadant que, comme mon père, moi aussi je pouvais prendre des photos, le soir même je faisais maladroitement tomber sur le parquet du salon l'Olympus en le replaçant dans son bel étui de cuir. Quelque chose avait dû se casser à l'intérieur puisque, désormais, il y avait un trait bizarre qui apparaissait dans le viseur à chaque fois que je mettais la machine en marche. Me gardant bien d'en parler à mon père, je n'ai jamais cherché à la faire réparer. Par la suite, moi qui avais été un enfant mitraillé, je n'ai que très exceptionnellement pris Clément en photo, avec des appareils jetables ou bien de grossiers numériques qui ne m'appartenaient pas. Je pensais que cela ne servait pas à grand-chose de prendre mon fils en photo, puisque je le voyais grandir chaque jour en direct sous mes yeux. Que, des photos de lui, Clément aurait toute la vie pour s'en faire prendre s'il le désirait vraiment.

Je me suis souvenu aussi qu'avant qu'Hélène ne tombe enceinte, j'avais toujours trouvé cela ridicule, les fonctionnaires qui collent des dessins ou des photos de leurs enfants sur le mur de leur bureau ou sur leur ordinateur, à côté d'une carte postale reçue d'Égypte ou des Baléares, ou d'un mug marqué *I Love N.Y.* Et que, du jour où Clément est né, j'ai cessé de trouver ridicules beaucoup de choses : les conversations de parents, les monospaces familiaux, les vacances chez les beaux-parents, les bacs à sable dans les squares, les colliers de pâtes confectionnés en classe, les associations de parents d'élèves, la fête des Pères.

On a frappé à la porte. Sans attendre ma réponse, Sigalevitch est entré, puis a refermé avec une humilité de circonstance. Et pourtant, dans cette pièce comme dans l'ascenseur, au self-service ou dans toutes les parties communes de l'étage, quelque chose dans son comportement ne parvenait pas à faire oublier qu'il était le chef. « Je sais que ce n'est pas grand-chose, comparé à ce que vous devez ressentir », il m'a dit en désignant le bouquet pour me rappeler qu'il avait personnellement pris la peine de commander des fleurs et de faire imprimer la carte. « Oui, merci », j'ai répondu pour ne pas le vexer, même s'il ne restait désormais plus rien de la subtile tension que, jusqu'à la semaine précédente, je ressentais chaque fois qu'il entrait dans mon bureau avec sa décontraction feinte. « Je suis désolé, je ne sais pas trop quoi vous dire d'autre », il a ajouté sur un ton qui voulait clore le chapitre en douceur afin de passer à un autre sujet. Je n'ai rien dit, laissant s'installer entre nous un silence qu'il me revenait, malgré tout, de combler. « Ce n'est pas une photo récente, ça, non ? » il s'est efforcé de compléter en montrant le portrait de Clément. « Il avait quel âge, là-dessus ? » « Six ans », j'ai répondu en réalisant que, ce jour-là, Clément avait déjà parcouru la moitié de sa vie. Et rien dans ce regard qui, contrairement à la bouche, ne chantait pas, rien ne pouvait indiquer s'il était heureux ou non à ce stade de son existence. Clément qui, moins d'un an auparavant, alors qu'Hélène, forte de sa liberté toute neuve, essayait tant bien que mal de lui expliquer qu'il lui faudrait désormais s'habituer à voir ses parents séparément, Clément qui, avec son sens précoce de la grammaire et de la litote, afin de ne pas trop laisser penser à ses deux parents qu'il aimait plus que tout au monde qu'il traversait un drame, Clément qui avait eu pour toute réponse à l'âge de cinq ans seulement : « Ça ne m'amuse pas, que vous soyez séparés, ça ne m'amuse pas du tout. » Avec ce regard à la fois absent et fragile dont j'ai la ferme conviction qu'il lui est définitivement tombé dessus ce jour-là.

« Je sais que ce n'est pas le moment », s'est risqué Sigalevitch qui avait du mal à contenir son trépignement, « mais je voudrais savoir ce que vous comptez faire avec le dossier Valenciennes. Ce n'est pas pour vous mettre la pression, on peut tout à fait refiler le bébé à Gendey, le temps que vous vous sentiez à nouveau d'attaque. Il ne faut pas vous sentir obligé. Mais j'ai besoin de savoir, moi, vous comprenez ? » Tout en hochant la tête, je pensais à ma propre histoire de fils de divorcés. À comment je n'avais jamais songé à prendre au sérieux les effets de la séparation de mes parents sur ma personnalité d'adulte : cette fâcheuse tendance à vouloir ménager la chèvre et le chou sans jamais prendre moi-même de parti clair, cette incapacité à dire ce que je pense, à m'incarner, à « participer » sans sarcasme. Mais comment, surtout, au cours des années qui ont suivi mon propre divorce, j'ai cherché à minimiser ma souffrance d'enfant pour éviter d'avoir à admettre que Clément, à son tour, dégustait pour de bon. Comment j'ai décidé que ce n'était pas si grave que cela, une fois la lumière éteinte, le soir, de pleurer tout seul en silence dans son lit en se disant que ce n'est pas la peine de rêver, votre papa et votre maman ne se remettront jamais ensemble. Que si votre mère s'efforce de parler poliment à votre père au téléphone, de lui sourire et de lui proposer quelque chose à boire lorsqu'il vient vous chercher avec votre petite sœur pour sa moitié de grandes vacances scolaires, c'est uniquement pour vous faire plaisir. «Ne te plains pas trop, une belle-mère, ce n'est quand même pas la mort, les trois quarts de tes copains en ont une. Estime-toi plutôt heureux que tes deux parents t'aiment et soient encore en vie», je me suis hypocritement irrité face à Clément chaque fois qu'avec sa pudeur et sa maladive indécision d'enfant de divorcés, il tentait de me faire deviner qu'il aimerait bien passer davantage de temps seul avec moi, sans Caroline. Laquelle, comme la petite fille gâtée, angoissée et capricieuse qu'elle n'avait jamais cessé d'être, s'arrangeait toujours pour m'empêcher de lui dire une bonne fois pour toutes que j'en avais assez de passer des journées entières à éponger ses angoisses au lieu de nous réserver, à Clément et à moi, davantage de temps tous les deux, trop lâche que j'ai toujours été devant les caprices des femmes. Trop lâche et trop oublieux, aussi, que j'ai toujours été de ces moments où, enfants, Anne et moi nous attendions notre père pour les vacances, en priant pour qu'il vienne nous chercher seul, sans femme. Quand, après les premières secondes de retrouvailles, en bas de notre immeuble, il ne manquait jamais de nous dire : « La voiture est garée un peu plus loin. Mais, juste avant, on va passer récupérer Jeanne au café du coin. » Ou Marie-Pierre, ou Françoise, ou Michèle. « Vous verrez, elle est très sympa. » Sur ce même ton faussement dégagé dont, à mon tour, j'avais usé face à Clément pour tenter de lui faire avaler que sa petite tragédie n'était au fond pas bien grave.

Estimant, face à mon silence prolongé, que j'avais suffisamment réfléchi, Sigalevitch a fini par se lever : « Parce que si on ne finalise pas Valenciennes avant le 30, moi, en ce qui concerne la subvention du ministère, je ne réponds plus de rien. »

Quelqu'un à la RATP avait pris la peine de créer un nouveau fichier Word sur un ordinateur et d'inscrire en caractères Times deux noms suivis de deux numéros de téléphone au centre de la page à en-tête, sans rien ajouter, ni date ni signature, rien. La personne avait imprimé, puis plié la feuille en quatre à l'intérieur d'une enveloppe également frappée du logo de l'entreprise. J'ai trouvé cela absurde, tant de prévenance et de méticulosité pour deux numéros de téléphone que le chef de ligne aurait tout aussi bien pu griffonner sur un bout de papier. Cela m'a rappelé cette scène d'*Il faut sauver le soldat Ryan* où l'on voit, dans un hangar, des dizaines de femmes dactylos taper au même moment à la machine des dizaines de lettres de condoléances adressées par l'état-major de l'armée américaine aux familles des GI's tombés en Europe au front de la Seconde Guerre mondiale. Dans le film, ce sont les morts simultanées de trois de ses fils qu'il s'agit d'annoncer à la mère du soldat Ryan. L'espace de quelques secondes, je me suis raccroché à cette séquence pour tenter de me persuader que, pire que ce que je vivais, cela existait. Au moins dans les films.

« Allô ? Monsieur Renzetti ? Je suis le papa du jeune garçon qui a été écrasé dans le métro, mercredi dernier. Vous avez proposé que je vous rappelle ? » j'ai sorti dans un souffle d'un ton aussi froid que possible, à la limite de la provocation. « Oh là là ! Mon Dieu ! » a paniqué le type une fois passé l'effet de surprise. Avant d'ajouter : « Je ne m'en remets pas, vous savez. » Il ne dormait plus depuis une semaine, je n'avais qu'à demander à sa femme. Il était même allé voir le médecin, lequel lui avait prescrit plusieurs jours d'arrêt de travail. C'est pour ça que cela lui faisait du bien, de me parler : je pouvais comprendre, moi. Clément avait chuté sous ses yeux. « Il téléphonait, il ne regardait pas bien devant lui. Il a dû croire qu'il y avait encore du quai devant quand le métro est arrivé. Je l'ai vu s'approcher, s'approcher, puis il a disparu comme s'il était tombé dans une piscine, comme ça : plouf ! » J'admettais mal, chaque fois que j'y pensais, que la chute de Clément sur les rails de la station n'était pas moins stupide que mourir d'une fausse route digestive ou d'avoir reçu sur la tête un pot de fleurs tombé d'un balcon.

Sûr que ce n'était pas un suicide. « Il téléphonait, il n'a pas vu le quai. » C'était la première fois qu'il voyait un mort. La violence du choc, le bruit sourd qu'on entendait à peine dans le vacarme des wagons, l'odeur du sang tiède qui était remontée des rails et les petites éclaboussures sur le ballast le hantaient. « Excusez-moi si je vous choque mais il faut que j'en parle, j'ai l'impression que je ne m'en remettrai jamais. Vous ne voulez pas qu'on prenne un café, un de ces jours ? » J'ai répondu : « Peut-être », j'ai remercié, raccroché, et je suis allé sans trop réfléchir ramasser les clés de la 206 dans le vide-poches de l'entrée, où manquait désormais le trousseau de Clément.

J'ai repris le périphérique extérieur, exactement là où Clément m'avait demandé de ne pas changer de fréquence afin de profiter jusqu'au bout de la chanson d'Akon. Je l'ai repris en passant devant les deux cheminées géantes de la déchetterie Syctom d'Ivry-sur-Seine, dont il me demandait petit si l'épaisse fumée blanche qu'elles recrachaient à longueur de journée servait à fabriquer les nuages dans le ciel. En passant également, plus loin, au pied des tours jumelles Mercuriales dont, pendant les semaines qui avaient suivi le 11 septembre 2001, à quatre ans, il me demandait immanquablement si un avion allait bientôt les percuter aussi, comme à New York. Je suis sorti porte de la Villette, bien incapable de dire quand, au cours des presque quarante années que j'avais passées à Paris, j'avais pu emprunter la même rocade pour la dernière fois. J'ai suivi ensuite l'entame de la Nationale 2, laissant filer dehors des noms de stations de métro de bout de ligne, de celles que l'on ne pratique jamais lorsqu'on vit dans Paris intra-muros : Aubervilliers-Quatre Chemins, Fort d'Aubervilliers. J'avais lu un jour quelque part que, parce qu'elle menait jusqu'à la frontière belge, on appelait jadis cette voie « la route des Flandres », comme ce titre de roman de Claude Simon que je n'ai jamais lu.

Place du 8-Mai-1945, à La Courneuve, j'ai pris sur la gauche, au hasard. Comme en province et dans toutes les villes de banlieue, c'était plein de places de stationnement libres le long des trottoirs. Avant, cela m'aurait donné envie de me garer n'importe où, des places de stationnement libres, juste pour le plaisir de profiter d'un luxe inenvisageable dans Paris. Ça vibrait dans la poche de mon jean. Je ne prenais plus les appels de personne depuis trois jours, mais je continuais quand même de vérifier chaque fois que ça sonnait, par réflexe. C'était Anne. Je me suis rangé sur le bas-côté, j'ai coupé le moteur et j'ai ouvert mon portable. « Non, ça ne va pas trop», j'ai répondu en retenant ces larmes qui montaient d'un seul coup chaque fois que j'avais ma sœur au téléphone depuis une semaine. Il était deux heures du matin à Nouméa, elle n'arrêtait pas de penser à ce que je traversais et se sentait d'autant plus impuissante qu'il lui était impossible de faire le déplacement. C'est à cette dernière remarque que j'ai compris que cela avait quand même dû la soulager, que je n'insiste pas davantage pour l'avoir à mes côtés lors de l'incinération de Clément. Sa voix me faisait mal surtout parce que, à dix-huit mille kilomètres de distance, les mots de réconfort n'opèrent plus, c'est trop loin. «Viens t'installer chez nous quelque temps», persistait Anne dont j'entendais les phrases résonner dans l'éther au gré des satellites relais. Elle savait pourtant très bien la réserve que m'inspirait Laurent, son mari. «Je vais y réfléchir. Peut-être», j'ai dit pour amortir mon refus. J'ai pris une courte inspiration en serrant les dents : «Et Lucas et Zoë ? Ils vont bien ?»

Anne prenait la même précaution pour me répondre quelque chose au sujet de ses enfants lorsque je me suis rendu compte qu'une voiture s'était arrêtée à ma hauteur depuis un moment, en plein milieu de la rue déserte. C'était un cabriolet Peugeot bleu ciel neuf dans lequel il y avait trois jeunes types, tous arabes. L'un d'eux se tenait assis sur le bord supérieur du dossier de la banquette arrière. Sur le siège passager, un balafré fixait calmement la rue droit devant lui, ses fines lunettes de soleil relevées sur le front et son avant-bras posé le long de l'arête de la portière. Le type au volant, un gros à peau grasse, me regardait en plissant de petits yeux. Au moment où nos regards se sont croisés, il m'a fait signe d'ouvrir la fenêtre. J'ai dit à Anne qu'il y avait quelqu'un qui me demandait un renseignement dehors et que je la rappellerais le lendemain, bonne nuit. J'ai coupé l'appel, je me suis penché pour ouvrir la fenêtre de la portière opposée, puis j'ai relevé la tête vers les trois types qui, avec la lumière de ce début d'été, leurs coupes de cheveux rases à motifs tribaux et leur sportswear de couleurs vives, évoquaient une version hexagonale d'un vidéoclip de gangsta rap californien. «C'est quoi, ton commissariat?» m'a demandé le gros avec autorité tout en me dévisageant avec une intensité impertinente. Derrière, le type assis sur le dossier de la banquette ricanait. Devant, le balafré, imperturbable, n'avait pas quitté des yeux le bout de la rue. «Pardon?» j'ai dit poliment de ma voix bourgeoise en écarquillant les yeux. Le gros a désigné du menton la calandre de ma voiture : «Paris des pourris», il a souri étrangement en faisant référence au code départemental de la plaque d'immatriculation. Ne saisissant pas à quoi il faisait référence malgré l'agressivité évidente que cachait son sourire, j'ai souri aussi, la première fois sans doute depuis une semaine. Avant la mort de Clément, une telle situation m'aurait tétanisé. J'aurais senti mon cœur accélérer et les paumes de mes mains devenir moites.

Je me serais disposé à tous les asservissements du monde pour sortir indemne de ce mauvais pas. Cette fois, l'issue de cette rencontre m'était bien égale. Une main au collet, des insultes, un poing dans la gueule, un coup de pied dans les couilles, une lame de couteau dans l'estomac : tout cela aussi m'était désormais bien égal.

«C'est quoi, ton commissariat?» a répété le gros en fronçant les sourcils tandis que le balafré du siège passager, se tournant pour la première fois comme s'il venait seulement de noter ma présence, révélait un visage las et glacé qui m'a fait penser qu'il avait très probablement déjà tué quelqu'un ou, tout au moins, connu la prison pendant une longue durée. Je venais de comprendre la question du gros. Avec ma vieille 206 banalisée, ma peau de Français de souche, mes presque quarante ans, mon t-shirt blanc et mon jean passe-partout, avec cette conversation au téléphone portable que j'avais brusquement interrompue à l'arrivée du cabriolet Peugeot, je devais avoir le parfait profil du flic en planque. «Faut pas traîner ici, tu sais, c'est dangereux pour toi», a enchaîné celui de derrière sans se départir de son horripilante hilarité. «Détrompez-vous, je ne suis pas flic», j'ai rétorqué avec un naturel que je ne me serais pas soupçonné, «Je suis juste venu chercher quelque chose.» N'ayant aucune pratique de ce type d'approche, j'avais dit comme on fait dans les films. «Chercher quoi?» s'est durci le gros que je sentais cependant moins agressif. «Ben, *quelque chose*. Je ne sais pas comment je dois dire ça. » Ils m'ont tous les trois regardé avec la même indulgence condescendante que réserverait, mettons, une femme à un homme très entreprenant mais qui une fois au lit s'avérerait impuissant. « Tu crois quoi ? » m'a souri celui de derrière tout en faisant les gros yeux, « Qu'on est des vendeurs de drogue ? » Il a éclaté de rire, puis le gros m'a dit : « Reste là », a repris son volant entre ses mains, puis a passé la première. La voiture a poursuivi son chemin en toute tranquillité, avec ces types qui retournaient à une existence dont je n'avais pas idée.

Cela me donnait le sentiment de me rapprocher un peu de Clément, cette ville et ces trois dealers arabes dans leur cabriolet, d'effacer pour toujours nos disparités générationnelles. Clément qui était mort au seuil de l'âge des tentations, des mensonges et des conneries à ne pas faire, où l'on se gave de chewing-gums pour couvrir une haleine de cigarette et où l'on dissimule un joint dans les rabats de son carnet de correspondance, à l'âge où l'on rêve de coucher avec une fille, où l'on se connecte en douce sur le site YouPorn, à l'âge où vos parents ont du mal à s'enfoncer dans le crâne que vous n'êtes plus un enfant, que vous ne leur appartiendrez plus jamais comme avant et que ça passe nécessairement par cela, devenir adulte et préparer tout seul son bonheur pour demain : *s'affranchir*, qu'ils le veuillent ou non. Et moi qui avais bien retenu qu'il n'y a pas, dans la vie, d'autre moyen pour un fils de s'affranchir qu'en tuant son père, qu'en transgressant ses ordres et ses principes, qu'en décidant un beau jour de porter contre l'avis de celui-ci un jean tire-bouchonné, de sauter par-dessus les tourniquets dans le métro et de traîner un peu avec les copains à la sortie du collège, moi qui à l'âge de Clément m'étais mis en tête de tuer le mien en inventoriant ses tics nerveux et verbaux chaque fois qu'il se mettait en colère, eh bien j'ai tout fait dès ses douze ans pour empêcher Clément de me tuer à son tour, j'ai tout fait pour ne pas perdre mon contrôle tyrannique sur mon fils, j'ai tout fait pour qu'il demeure éternellement un garçonnet, en lui attachant moi-même une serviette autour du cou le soir à table pour qu'il ne tache pas de sauce ses t-shirts, en lui criant chaque matin de remonter son jean sur ses fesses, en lui interdisant formellement de rentrer à la maison après 17 h 30 précises et en le menaçant des pires représailles au cas où l'idée l'effleurerait seulement d'oublier de payer son métro. Et je l'ai menacé avec d'autant plus de férocité que je sentais, derrière sa résignation qui n'en pensait pas moins, derrière son regard plein de révolte mais qui se contentait encore de me fixer sans mot dire, que cela ne durerait pas.

Clément, donc, était mort juste avant les inéluctables conflits qui nous auraient opposés. Ces conflits que j'avais beau voir venir gros comme une maison lorsqu'il rentrait avec ses écouteurs enfoncés dans les oreilles et ses jeans de traîne-savate, mais dont je priais pour qu'on les évite, persuadé que j'étais que l'amour que j'avais pour mon fils nous préviendrait l'un et l'autre de ces choses qui ne sont réservées qu'aux autres. J'avais l'étrange impression que cela scellait une forme d'éternité de paix entre Clément et moi, de me retrouver dans cette ville, dans cette rue, à frayer avec des types de vingt ans de moins que moi, propriétaires d'un cabriolet dernier cri acheté avec de l'argent sale, des types racailleux qui pouvaient bien fasciner un garçon de douze ans portant suffisamment bas son pantalon et écoutant du rap.

Sans compter les récentes velléités de Clément de devenir musulman, lui qui, sous l'influence de ses Saïd, Omar et autre Bacar, s'était fait couper les cheveux bien ras et se plaisait à psalmodier, d'un air compassé qui contrastait mal avec sa voix haut perchée, quelques passages virils parmi les plus radicaux du Coran : «Combattez dans le chemin de Dieu ceux qui luttent contre vous», «Ne soyez pas transgresseurs». «Papa, qu'est-ce que ça veut dire exactement, *transgresseurs*?» il m'avait même demandé un jour. «Tuez-les partout où vous les rencontrerez», «S'ils vous combattent tuez-les, telle est la rétribution des incrédules». «Papa, et qu'est-ce que ça veut dire, *rétribution* et *incrédules*?» Lui qui, toujours pour plaire à ses Omar et Bacar, avait tout à fait renoncé à consommer du porc depuis bientôt un an, faisant montre ainsi d'une volonté et d'une constance que, je dois avouer, je ne lui aurais jamais soupçonnées. Le même qui, davantage encore que le saucisson sec, me suppliait jadis de lui acheter du jambon sans couenne Label Rouge chaque fois qu'il m'accompagnait au supermarché. Qui m'avait tant fait rire le jour où, entamant une plaquette de «4 tranches + 1 gratuite» et découvrant à l'intérieur une lamelle un peu défraîchie, l'avait saisie entre ses doigts en disant avec une moue inimitable : «Tiens, la voilà, la gratuite.»

Et moi, en pur produit hypocrite de mon époque démagogique, j'avais fait mine de prendre cela comme une bonne nouvelle, avec simplicité et enthousiasme, allant même jusqu'à l'encourager à apprendre par cœur d'autres sourates un peu moins agressives. «Parce que», lui disais-je en bon laïque démagogue et bourgeois qui ne renâcle pas à un bon lieu commun, «parce que le Coran, tu sais, avant d'être un inventaire de préceptes, c'est d'abord une œuvre de philosophie et de poésie». Mais, au fond, même si je pensais que la lubie de mon fils ne serait l'affaire que de quelques mois, cela m'effrayait comme tous les Français de souche, cette histoire de conversion à l'islam. En bon Français républicain et prétendument laïque, je découvrais qu'il suffisait que l'islam frappe à ma porte pour ranimer mon vieux fond chrétien, et prier pour que, sa tocade passée, Clément me réclame à nouveau du jambon Label Rouge au rayon charcuterie du supermarché.

C'est à tout cela que je pensais lorsque, sur le trottoir, un garçon noir s'est avancé dans ma direction. Il devait avoir dans les vingt-cinq ans. Avec son blazer bleu marine bien coupé, ses lunettes de vue à fines montures de métal et son sac à dos porté à l'épaule, il s'apparentait davantage à un étudiant de troisième cycle en économie qu'à un revendeur de crack. «Bonjour. On m'a dit que vous aviez besoin d'un renseignement?» il m'a demandé avec une surprenante courtoisie. Je lui ai répondu tout simplement que j'avais besoin de me droguer pour atténuer la douleur que me causait la mort de mon fils de douze ans. «Vous droguer avec quoi?» il s'est moqué sans agressivité, en insistant théâtralement sur le mot *droguer*. J'ai répondu que je ne savais pas, que je ne m'y connaissais pas. Qu'à part du poppers à l'occasion d'un séjour scolaire en Angleterre à quinze ans, quelques joints vers seize, dix-sept, et de la cocaïne un soir par hasard, cinq ans auparavant, je n'avais jamais rien essayé. Sans rien ajouter, parfaitement détaché, il a baissé la tête, tiré un mouchoir en tissu de sa poche, ôté ses lunettes, exhalé une brève buée sur les deux verres correcteurs et s'est mis à méthodiquement les essuyer de ses longs doigts sombres et délicats où, par contraste, les ongles paraissaient phosphorescents. L'opération achevée, il a rangé le mouchoir dans sa poche, chaussé ses lunettes et a de nouveau levé ses yeux vers les miens. «Alors il faut pas le faire», il a lâché tout en ajustant la monture d'une ultime pression du bout de son index. J'ai plissé les yeux : «Comment ça, *il faut pas le faire*?» «C'est pas votre truc, ça, monsieur. Ça se saurait, si c'était votre truc. Vous allez quand même pas vous y mettre à votre âge ? » J'ai souri, constatant une fois de plus, comme au stade avec Clément, que, depuis mes vingt ans qui me paraissaient hier, le temps n'avait cessé de me prendre de vitesse. « Franchement, rentrez chez vous et essayez de vous changer les idées », a poursuivi le type avec un naturel désarmant. « Faites du sport, tapez-vous des meufs, allez voir quelqu'un. Faites n'importe quoi mais pas ça. Je vous le conseille. »

Sa désinvolture ne me heurtait pas. La mort de Clément, ce n'est pas qu'il ne la prenait pas au sérieux, mais il ne s'y attardait pas, tout simplement parce qu'il en avait vu d'autres. « Mais si vraiment ça va pas », il a ajouté en sortant d'une poche de son jean un bout de papier sur lequel était pré-inscrit au Bic un numéro de téléphone, « si vraiment vous n'y arrivez pas, vous pouvez m'appeler à ce numéro. Vous demandez Malik ».

« Comment vous sentez-vous ? » C'est la première chose que m'a dite au téléphone la femme dont la RATP, avec celles de Renzetti, m'avait donné les coordonnées sur le papier. Les mots étaient sortis très naturellement, avec une douceur non calculée, et sans impudeur. « Pas bien », j'ai répondu du tac au tac en prenant néanmoins conscience que, depuis la veille, j'avais recommencé à dormir et à manger à peu près normalement. Puis, sans bien savoir pourquoi, je me suis mis à lui raconter ma virée à Aubervilliers, le dealer et mon retour bredouille à la maison. « Il a eu raison, ce garçon », elle a commenté. Avec son timbre de voix grave, cela sonnait agréablement, la tournure « ce garçon ». Puis, après quelques secondes de silence, elle a repris : « Si j'ai laissé mon numéro, c'est parce que j'ai récupéré un bout de papier qui est tombé de la poche de votre fils lorsqu'il a glissé. » « Qu'est-ce qu'il y a d'écrit dessus ? » j'ai demandé. « Ça ressemble à un poème. Ou à des paroles de chanson. »

C'était brutal. Je ne savais pas que Clément écrivait. Qu'une inconnue m'annonce un détail aussi important concernant mon propre fils prononçait encore plus violemment l'irréversibilité des choses. « Qu'est-ce qu'il y a d'écrit dessus ? » j'ai répété en sentant de nouveau une béance s'élargir dans ma poitrine. « Vous avez lu ? » « Non, pas vraiment », elle a répondu toujours avec la même douceur. « J'ai un peu regardé, mais sans insister. Et puis, son écriture n'est pas très facile à déchiffrer. » *Son écriture n'est pas très facile à déchiffrer* : ce présent sonnait comme si Clément avait encore la vie devant lui pour s'y prendre plus lisiblement avec la graphie. J'ai pensé à ce mauvais pli que, dès le CP, il avait pris de former imparfaitement ses lettres et de déborder d'entre les lignes des pages quadrillées. Aux innombrables fois que, vérifiant à l'improviste ses cahiers dans son cartable, je lui avais crié qu'avec une écriture aussi négligée que la sienne et de tels torchons en guise de cahiers de classe, on n'allait pas bien loin dans la vie. Que cela révélait un esprit brouillon, insultant à l'égard des autres, que c'était grave. J'en venais alors immanquablement à mettre en cause sa paresse à l'école en général, les leçons apprises par-dessus la jambe, les sales notes en maths et les mots de rappel à l'ordre sur son carnet de correspondance, les excès de PlayStation, de MSN avec les copains sur mon ordinateur portable et de lectures de revues de foot pendant mon absence. Chaque fois, j'en profitais pour étendre mes reproches à tout le reste : à sa dégaine, à son langage et à ses manières à table, cette façon intolérable qu'il avait de manger trop éloigné de son assiette et de mastiquer bouche ouverte, les taches graisseuses indélébiles sur tous ses t-shirts et les dizaines de miettes à ramasser par terre après chacun de ses repas. « J'en ai marre ! » je lui criais avec une haine disproportionnée, « Marre ! Marre ! Marre ! » jusqu'aux gifles qu'il m'est arrivé parfois de lui flanquer, comme mon père avec moi au même âge, lorsque je lui amenais mes bulletins de notes trimestriels à Noël et à Pâques, exactement pareil. Parce que, à l'âge de Clément, je la détestais tout autant que lui, l'école, et j'en ramenais tout autant que lui à la maison, des sales notes en maths et des mots des professeurs sur mon carnet de correspondance. Moi qui, un peu moins de trente ans plus tard, à bientôt quarante ans, constatais qu'être père d'un garçon, c'est non **seulement** ne pas supporter de reconnaître chez son fils ses propres défauts, mais également reproduire avec lui exactement les mêmes erreurs commises avec vous par votre propre père, et ce malgré toute votre volonté de bien faire et de déjouer les mauvais atavismes. J'ai pensé que j'avais passé un temps fou à vérifier les cahiers de Clément et à lui crier de bien se tenir à table, mais sans être fichu de découvrir qu'il écrivait des poèmes. Cela m'a brusquement remis en mémoire ce refrain de je ne sais plus quel chanteur pop, qu'à l'époque je fredonnais comme tout le monde avec légèreté, sans me douter qu'un jour, lorsqu'il serait trop tard, il me concernerait aussi : *Alors on vit chaque jour comme le dernier / Et vous feriez pareil si seulement vous saviez / Combien de fois la fin du monde nous a frôlés.*

Caroline a débarqué dans l'appartement vers onze heures avec sa mère pour venir chercher ses affaires tandis que, de mon côté, en slip et t-shirt, non douché et les cheveux en bataille, je déscotchais du mur de la chambre de Clément un poster de Guillaume Hoarau. Avec leurs plaques de cartons neufs à reconstituer achetées par paquets de cinq chez Kiloutou, avec leurs paires de baskets blanches immaculées, leurs jeans et leurs chignons propres dans lesquels étaient plantés deux modèles comparables de lunettes de soleil, elles ressemblaient à une publicité vivante pour Comptoir des Cotonniers. Caroline, qui avait les yeux un peu rouges, a ostensiblement détourné son regard du mien. Claire-Yvonne, en contrepoint, affichait vis-à-vis de moi une hostilité gênée. «Vous avez besoin d'aide?» j'ai demandé en regardant ses ongles vernis riper sur l'entame du rouleau de ruban adhésif. «Non, ça ira», elle a répondu paupières baissées, avant d'ajouter à contretemps un «merci» qui se voulait respectueux de mon affliction. Je sentais surtout qu'elle n'avait pas le cran de venir me demander quelle mouche m'avait piqué, pourquoi un aussi gentil garçon que moi, bien plus gentil et attentionné que ne s'étaient montrés jadis tous les ex-petits copains de Caroline, bien plus gentil que ne s'était montré à son propre égard le père de Caroline, un garçon gentil et attentionné comme elle en aurait elle-même rêvé vingt-cinq ans plus tôt, comment un type aussi bien que moi pouvait, du jour au lendemain, se débarrasser aussi goujatement de sa fille. Qu'avoir perdu un fils n'était pas une raison, bien au contraire. Que je ferais mieux de réfléchir parce que, d'ici à quelques semaines, je regretterais très certainement ma décision. Qu'un enfant, une fois l'échéance du deuil dépassée, c'était certes irremplaçable mais qu'on pouvait en refaire d'autres. Et que sa Caroline, précisément, était tout indiquée pour envisager cela avec moi.

Si elle se gardait si bien d'intervenir, j'ai pensé, c'est parce que, tout au fond d'elle-même, elle savait mieux que quiconque que sa fille ne faisait pas le poids. Que c'est uniquement pour me faire pardonner mes douze années de plus qu'elle que, pendant près de trois ans, j'avais patiemment essuyé ses caprices de petite fille trop jolie, trop fragile et trop gâtée, jusqu'à envisager de lui faire un bébé un jour, «mais pas avant d'avoir décroché un CDI à mon boulot», m'avait-elle prévenu. Un bébé dont, en vérité, je ne voulais pour rien au monde. Parce que cela ne m'amusait plus du tout, à près de quarante ans, avec mes tempes poivre et sel et mon souffle raccourci, d'envisager de me lever en pleine nuit pour apaiser les braillements d'un nourrisson, d'avoir à stériliser tétines et biberons, de me tenir à distance des klaxons et des pots d'échappement avec le porte-bébé, de me farcir les conversations des mamans sur les bancs des squares, toutes ces filles de trente ans qui, comme Caroline, n'auraient de cesse de vouloir prouver que l'arrivée de bébé ne changerait rien au fait de rester des femmes avant toute chose, qu'elles entendaient bien continuer à séduire, à faire l'amour et à porter des jeans moulants, des talons aiguilles et de la lingerie sexy. Ces filles qui, au bout de quelques mois pourtant, après les confusions du post-partum, ont tôt fait de vous tourner le dos au lit parce qu'il est trop tard ou parce que ça pourrait réveiller le petit, ces filles qui pourraient tuer père, mère et mari pour bébé, ces filles qui, vautrées dans leur infinie dilatation du moi, finissent par ne plus parler, penser et regarder rien d'autre que bébé, brandissant leur poussette comme un passe-droit dans le bus ou dans les queues au supermarché. Tout cela, Claire-Yvonne le savait très bien.

Surtout, je ne voulais pour rien au monde faire de bébé à Caroline parce que j'étais trop fier, au seuil de la quarantaine, à l'âge des maris délaissés par toutes ces jeunes et féroces mères-femelles, d'arborer un fils de douze ans déjà, qui marchait seul, mangeait seul, s'exprimait couramment et me laissait tranquillement dormir la nuit. Un fils avec lequel j'aurais eu, dix ans plus tôt, le loisir de faire des clowneries et de courir avec toute la vigueur de mes trente ans, sans cheveux blancs, sans pattes-d'oie aux coins des yeux ni souffle court. Tout cela aussi, Claire-Yvonne ne le savait que trop.

Et puis cela ne m'avait jamais fait rêver, les dîners chez Claire-Yvonne : la nappe blanche et la jolie vaisselle, l'apéritif, l'entrée, le plat gratiné, le fromage, le vin qu'on aura bien pris soin de déboucher au préalable pour mieux exprimer le bouquet, les desserts et la corbeille de fruits. Tout comme Caroline ne m'avait jamais fait rêver non plus, avec ses potes *sympas*, ses potes à costards d'apprentis maîtres du monde, ses potes à rendement, à déjeuners d'affaires, à Tickets Restaurant, ses potes à pubs irlandais, à Starbucks, à *happy hour*, à menus sashimi, ses potes à bonnes blagues et à iPhone, ses potes sportifs à croisière en voilier en Bretagne, à balades dans le Vercors et à parkas Decathlon. Et parce que je ne la faisais pas rêver davantage avec mon divorce, mon fils, mon fonctionnariat pépère, mon appartement trop petit, mes tempes grisonnantes et mes penchants pour le cinéma polonais neurasthénique, j'ai passé tout mon temps à me faire pardonner. Pour me faire pardonner auprès de Caroline mes douze ans de plus qu'elle ainsi que mon inertie congénitale de vieux pessimiste, je m'étais, pendant près de trois ans, forcé avec le sourire à l'accompagner le samedi s'acheter des vêtements et à lui donner mon avis lors de ses interminables essayages. Je l'accompagnais la mort dans l'âme à ses dîners entre amis, je l'accompagnais marcher à la montagne et faire ses longueurs à la piscine, je l'accompagnais partout sans broncher pour me faire pardonner aussi Clément qu'elle me reprochait d'avoir à se coltiner tous les soirs de la semaine. Alors, aussi souvent que possible, je faisais garder Clément par des baby-sitters les soirs de semaine en question afin d'accompagner Caroline à ses dîners de potes et à ses assommantes expos d'art contemporain. Je me privais littéralement de Clément pour me faire pardonner par Caroline de le lui imposer tous les soirs, un week-end sur deux et la moitié des vacances scolaires. Moi dont le seul plaisir véritable était de passer du temps seul avec mon fils, de descendre acheter deux kebabs chez le Turc du boulevard, d'enfourner un DVD dans le lecteur et de l'observer en coin regarder un film avec moi tout en croquant dans son sandwich dix fois trop gras.

Je ne me doutais pas qu'elle serait noire. Enfin, noire. Pas noire *noire*, pas noire comme Rama Yade ou l'actrice Aïssa Maïga. Caramel plutôt, avec des yeux marron d'un clair presque jaune et de longs cheveux crépus dressés en halo tout autour de son visage. En l'apercevant à la sortie du métro Vavin où elle m'avait donné rendez-vous, en détournant immédiatement mon regard à la recherche de quelqu'un d'autre dans les environs, quelqu'un de plus plausible, c'est-à-dire quelqu'un de blanc, comme moi, en ne rencontrant les yeux de personne d'autre que les siens braqués sur les miens, en ramenant en conséquence mes yeux sur elle tout en l'interrogeant d'un index incrédule pour m'assurer que je ne me trompais pas, que c'est bien d'elle qu'il s'agissait, c'est cela que j'ai tout de suite pensé : «Tiens, elle est noire. Comme le dealer d'hier à La Courneuve.» Cela m'a même un peu perturbé, de me faire la remarque, moi pour qui ces choses-là, en théorie, n'ont aucune importance. Je dis *en théorie* parce que, en réfléchissant, je me suis rendu compte qu'il n'y avait jamais eu de Noirs dans ma vie. Il y avait ceux que je croisais tous les jours dans la rue, dans le métro, à la banque et à la Poste, il y avait les vigiles de la résidence, les vigiles du supermarché et les gamins qu'on rencontrait au stade avec Clément. Il y avait bien Jozyme au bureau, aussi. Mais à part lui serrer la main tous les matins et lui demander mécaniquement comment ça allait, je ne savais à peu près rien de lui. Plus jeune, au collège et au lycée, c'était pareil. Les rares Noirs de ma classe, je n'allais jamais chez eux et je ne les invitais pas davantage chez moi. Pas de racisme là-dedans, pas de préjugés particuliers, non. Juste que nous n'y pensions ni les uns ni les autres, que les affinités ne se créaient pas.

Clément, lui, c'était différent. Il avait grandi dans une époque différente, avec un paysage social et culturel qui avait évolué, avec davantage d'enfants d'immigrés dans les rues et dans les classes. Dans mon enfance, les Noirs, c'était La Compagnie Créole, le footballeur Marius Trésor et Huggy les Bons Tuyaux, de la série *Starsky et Hutch*. Pour Clément, né en 1997, les Noirs, c'était deux vidéo-clips sur trois à la télé, un panneau publicitaire sur trois dans la rue, les trois quarts des joueurs de l'équipe de France de football et un présentateur du JT à la télé. Je me suis souvenu qu'à sa rentrée de CP, il m'avait dit qu'il s'était fait un copain : Jean-Luc. Deux semaines plus tard, il m'avait présenté Jean-Luc à la sortie de l'école. Jean-Luc était noir. Ça m'avait frappé, qu'il n'ait pas songé à me le préciser deux semaines plus tôt. Je m'étais fait la remarque que les temps avaient changé. Et j'ai pensé la même chose lorsque, vers dix, onze ans, Clément s'est mis à écouter du rap, à parler avec un accent de banlieue et à me réclamer de lui acheter des jeans trop larges et des baskets dont il prenait bien soin de systématiquement dénouer les lacets. C'est aussi à la même époque qu'il a cessé de me présenter ses copains. Que, dans la foulée, il m'a demandé de cesser aussi de venir le chercher à l'école, ou bien très exceptionnellement, en l'attendant très loin, à deux, trois cents mètres des portes du collège. De sorte que, les Noirs et les Arabes, je n'ai pas eu l'occasion de m'en approcher davantage.

Elle est noire. Voilà ce que je me suis dit lorsqu'elle a répondu d'un bref sourire confirmatoire à l'index que je tendais dans sa direction. Jamais, dans la rue ou dans le métro, je n'avais réellement dévisagé de femme noire, en me demandant si elle était jolie ou non. Même les actrices américaines comme Halle Berry, je ne pensais pas à me demander, lorsque je les voyais à l'écran, si je les trouvais ou non désirables, exactement comme je n'avais, jadis, jamais songé à inviter chez moi les quelques camarades noirs que j'avais au collège. Mais cette femme était assurément agréable à regarder, avec la peau nette de son visage, ses lèvres pleines et ses traits réguliers que venaient à peine contrarier deux rides assez marquées autour de la bouche. Nous nous sommes serré la main et, après quelques secondes d'embarras, elle a fini par me tendre une page de cahier à spirale pliée en quatre. Cela m'a frappé, ce blanc quadrillé et propre. Je ne parvenais pas à établir de lien entre ce papier intact et le tas de vêtements déchiquetés et en partie brûlés de Clément que les médecins légistes avaient déposés dans une corbeille en plastique, dans la salle de la préfecture de police où j'étais allé reconnaître le corps. J'ai pensé aussitôt aux centaines de milliers de documents et de prospectus qui voletaient dans le ciel bleu, le jour de l'effondrement des tours jumelles, à New York, et qui se posaient comme de tranquilles feuilles d'automne quatre cents mètres plus bas, dans le vacarme et les cendres. Je me suis souvenu aussi que Clément, un jour qu'il observait par la fenêtre une colonie de fourmis cheminer le long de la façade de l'immeuble, m'avait demandé si cela mourait, une fourmi tombant du quatorzième étage.

J'ai déplié la feuille. C'était la première fois, je crois, que je lisais des mots que Clément n'avait pas rédigés dans le cadre scolaire, lui qui, à ma connaissance, parce que je ne pensais jamais moi-même à en envoyer à quiconque lorsque nous étions en vacances, lui qui n'avait pas écrit une seule carte postale de toute sa vie. Lui qui, à force d'échanges de SMS et de conversations via MSN avec ses copains, n'avait probablement, en 2009, à l'aube de mutations technologiques dont je n'avais même pas idée, plus de raisons valables de continuer d'écrire à la main. J'ai reconnu d'emblée ces lettres hautes, trop étroites et brouillonnes qui, dans les petites classes, faisaient déjà sa marque sur les cartes décorées «Bonne fête papa» ou «Papa je t'aime» que je conservais sur mon bureau pendant deux ou trois jours pour lui faire plaisir, avant de les jeter à la poubelle comme le reste, comme les escargots en pâte à sel et les aimants-porte-clés en bouchons de liège. Il y avait toujours, en guise de points sur les «i», ces ronds qui m'avaient tant exaspéré. «Ce sont les filles qui font ça», je lui disais d'un ton plus méchant que moqueur, craignant sans doute que ce type d'affectation ne préfigure des penchants homosexuels, moi qui, en théorie, n'avais rien contre non plus, pas davantage que les Noirs ou les musulmans. Tout en haut de la feuille, il avait écrit un titre : *Tu te tapes l'affiche.* Puis il avait raturé *Tu te tapes*, mais en négligeant d'affecter une majuscule au «l» apostrophe suivant.

l'affiche

Toxic Kougar 23/06/09 pour l'album « 365 jours »

1ᵉʳ couplet :
Ta mère t'engueule devant tous tes potos
Ta copine te met un râteau en te disant qu't'es pas beau
C'EST L'AFFICHE !!

Tu t'gamelles en jouant au foot
Tu t'fais carotte une boule de mammouth
C'EST L'AFFICHE !!

Tu veux serrer la main, tu t'prends un vent
T'es chaud et tu passes tout le match sur le banc
C'EST L'AFFICHE !!

Tu t'fais tabass' par un môme de 10 ans
Tu veux sauter une barrière, tu tombes, tu t'casses une dent
C'EST L'AFFICHE !!

J'étais déconcerté. Ému, certes, mais également un peu déçu. On était bien loin, en effet, du message à clé parvenu d'outre-tombe et qui vous révèle une face cachée de la personnalité de votre enfant. Pas vraiment de tendresse ni de gravité dans ces mots, pas d'intimité dévoilée. Et pas non plus la moindre référence à moi, comme je l'avais espéré. Pire, c'est sa mère qu'il évoquait comme unique point de repère parental, comme si je n'existais pas. «Vous connaissez cette expression, vous, *C'est l'affiche*?» j'ai simplement demandé à la femme en lui tendant le papier. Elle s'est approchée en penchant doucement la tête de côté, charriant dans son mouvement une riche fragrance de crème corporelle, ou peut-être de lotion capillaire. Elle a saisi la feuille puis a commencé à lire en fronçant des sourcils attentifs. «Quelque chose comme *C'est la honte*, non?» elle a pronostiqué en relevant ses paupières après quelques secondes de lecture. Puis, baissant de nouveau la tête sur la feuille, elle a lu jusqu'au bout et m'a tendu le texte avec un sourire doux : «Elles sont drôles, ses rimes, en tout cas.» «Vous trouvez?» j'ai demandé. J'ai relu. C'est vrai qu'elles ne manquaient pas d'allant ni d'humour, ses rimes, à Clément. Cela me rassurait, cette forme puérile et inoffensive de colère. C'était la preuve qu'en dépit des apparences et de mes craintes, il n'avait pas été un enfant malheureux. «Et les boules de mammouth, vous savez ce que c'est?» j'ai tenté de sourire. «Vous ne connaissez pas?» elle s'est animée à son tour avec une indulgence amusée. « C'est un gros bonbon rond qui a des goûts et des couleurs différents au fur et à mesure qu'on le suce, avec du chewing-gum au milieu. »

Parce qu'elle s'intégrait à l'épaisseur de l'air et s'évaporait dans le décor, sa voix me paraissait moins grave qu'au téléphone. Aussi, pendant un court instant, j'ai été tenté de fermer les yeux afin d'en retrouver le timbre initial. Le jour s'était effondré sur ma tête mais, pour la première fois depuis l'accident, je me sentais plus léger. Sans bien déterminer pourquoi, je pouvais penser à Clément sans trop de douleur en présence de cette femme. Cette fois, je n'ai pas eu à me forcer pour lui sourire : « Mais comment vous savez ça, vous ? » Pour toute réponse, une ombre inopinée est passée sur son visage. Elle a ouvert la bouche, hésité une seconde, retenu son souffle puis s'est lancée : « Je le sais parce que j'ai un fils du même âge, moi aussi. »

Frank m'avait précisé au téléphone de ne surtout rien apporter, de venir comme j'étais, les mains dans les poches, que c'est de me revoir qui leur ferait plaisir, avec Lisa. Il s'y était pris avec beaucoup de gentillesse, aussi n'avais-je pas eu le courage de refuser. C'est peut-être cela, des proches : un couple qui, malgré des mois et des mois sans nouvelles, sans particulière manifestation de sympathie de votre part en général, vous téléphone à la mort de votre fils pour vous assurer de son amitié. Et qui n'hésite pas à se sacrifier en vous invitant à dîner sous prétexte de vous replonger dans le bain de la sociabilité pour vous changer les idées. Mais, dès le marchand de vin, je me suis demandé ce que j'étais venu faire là, à renouer avec les vieux automatismes parisiens : amener une bonne bouteille, des fleurs ou un dessert pour «apporter quelque chose», pour vous entendre dire «fallait pas, il y a déjà tout ce qu'il faut» par la maîtresse de maison, pour faire comme si cela pouvait vous faire plaisir, comme si l'on pouvait encore attendre quoi que ce soit, à bientôt quarante ans, de conversations et de sourires forcés autour de quelques apéritifs, avec une musique choisie en fond sonore, en attendant de passer à table et de dire, peu après minuit en regardant sa montre : «Bon, ben je crois que je vais rentrer, il faut que je me lève tôt demain, c'était super, merci beaucoup. La prochaine fois on fait ça à la maison.»

Comme il se doit, ça sentait la cuisine au four sur le palier. J'ai frappé et Frank m'a ouvert la porte avec un grand sourire préprogrammé sur le visage, inversement proportionnel à son embarras. Chacun de ses gestes de bonne volonté me disait au fond que, jusqu'à notre mort, nous n'aurions plus rien à partager comme avant, du temps de mon innocence. «Dans une vie, les drames des uns ne sont pas nécessairement une fatalité pour les autres. C'est d'en être préservé qui est normal», me répétais-je alors que je ressentais comme autant de coups de poing à l'estomac tous les détails de l'insouciance qui régnait dans cet appartement. Toutes ces choses que, vers trente ans, on commence à accumuler pour se fabriquer un bonheur durable : de beaux meubles, des éclairages étudiés, des bougies parfumées, de jolies photos encadrées sur les murs, des accessoires de marque, des pièces bien orientées et des jardinières de fleurs sur le balcon. Lorsque Clément est né, Hélène et moi vivions dans vingt-cinq mètres carrés. Nous pensions alors qu'on n'était peut-être pas bien riches, elle avec sa thèse de doctorat dont on ne voyait pas le bout, et moi avec mon salaire à peine plus gras qu'un SMIC, mais qu'au moins nous avions eu le courage de faire un enfant sans trop calculer, *nous*, qu'on était romantiques, *nous*. Frank, à la même époque, créait sa start-up que, cinq ans plus tard, il revendrait quatre-vingts fois sa valeur d'origine au groupe PPR. Sa fortune faite, il pouvait, encore cinq ans plus tard, songer à fabriquer un bébé avec Lisa. Résultat : je vivais aujourd'hui dans le même petit trois-pièces de location depuis près de dix ans tandis que Frank, qui avait exactement le même âge et le même diplôme que moi, était le papa certes grisonnant d'une petite fille de seulement deux ans, mais surtout le propriétaire comblé d'un cent cinquante mètres carrés à Montmartre.

J'ai préféré tout de suite prendre les devants lorsque nous nous sommes assis à la table basse du salon. « Et Lilou, elle est où ? » j'ai dit en attrapant mon verre afin de concentrer ma nervosité croissante sur un objectif concret. « Elle passe le week-end chez mes parents », a sorti d'un coup Lisa tout en battant un peu trop rapidement des paupières, comme si elle tentait de prendre de vitesse un détecteur de mensonges. Je l'imaginais très bien, quelques jours plus tôt, avoir objecté à Frank que ce n'était peut-être pas une très bonne idée, d'inviter le père d'un adolescent décédé de mort violente dans un appartement où habitait une petite fille pleine de vie de deux ans. Pas très *feng-shui*. Le rôti l'appelait à la cuisine, ça tombait bien. Elle s'est levée, et j'en ai moi-même profité pour me servir sans manières un nouveau verre de rouge.

C'était touchant, d'observer Frank s'épuiser en sourires et en tentatives de nourrir la conversation tout en évitant le principal : « Tu le connais, ce morceau ? » « Et le boulot ? T'en es où ? Vous bossez dans de nouveaux locaux, non ? » « Et Caroline ? C'est vraiment fini ? » « T'as l'intention de partir quelque part, en août ? » J'avais dû écluser à moi tout seul les deux tiers de la bouteille de gamay lorsque mon portable a vibré dans ma poche. Alors que Frank me conseillait d'aller voir je ne sais plus quel film, j'ai sorti sans la moindre gêne l'appareil et j'ai consulté le SMS qu'on venait de m'envoyer :

> *Confirmation, c'est l'affiche*
> *ça veut bien dire c'est la honte.* ☺
> *Tenez bon. Ghislaine.*

J'ai senti mon cœur faire un petit bond malgré l'ivresse qui s'installait, mais pas suffisamment encore pour laisser supposer que je ne contrôlais plus mes mots ni mes gestes. Ne sachant si ce texto relevait de la simple sollicitude ou d'un intérêt supplémentaire, j'éprouvais ce même frisson de doute qui vous parcourt lorsque, au collège, vous avez demandé à un copain d'aller demander à la fille de la classe de quatrième d'à côté si elle veut bien sortir avec vous, et que vous attendez sa réponse. Car le prétexte semblait quand même bien mince, surtout à cette heure tardive. Une femme tout à fait désintéressée n'adresse pas de SMS le soir à un inconnu. Le smiley tentait bien de modérer cette audace, mais il y avait comme un parfum de désir dans le «Tenez bon», trop direct pour être honnête, confirmé par le «Ghislaine» final qui invitait sans équivoque à la familiarité.

Ghislaine. Jamais il ne me serait venu à l'esprit de rêvasser sur un prénom pareil chez une Blanche. Car c'est surtout l'idée qu'une femme aussi différente de celles que j'avais connues tout au long de ma vie puisse s'intéresser à moi qui m'émoustillait. Une femme noire, j'avais dû considérer jusqu'ici que ça ne pouvait s'intéresser qu'aux hommes noirs, de la même façon qu'une Blanche ne pouvait s'intéresser qu'aux Blancs. Laetitia m'avait raconté avoir eu un amant noir un jour, mais je n'avais pas pris ce détail de sa vie amoureuse pour autre chose qu'une lubie sexuelle, sans même songer à me sentir jaloux d'un homme auquel je ne pouvais en aucun cas m'identifier, probablement à cause de ce vieux fond ethnocentrique qui, sans qu'on ose se l'avouer, conduit les Blancs à ne prendre vraiment au sérieux que l'espèce humaine blanche. Avec ce texto, je prenais brutalement conscience que, des décennies durant, je m'étais, par confinement culturel, par défaut d'imagination, par ignorance, cantonné à n'exercer ma séduction qu'en direction d'un groupe féminin minoritaire sur terre : la Caucasienne.

Mon portable à la main, j'ai terminé mon vin de l'autre et je me suis levé. « Ça va ? » s'est inquiété Frank qui, par pitié sans doute, n'avait pas osé soustraire la bouteille à mon emprise de tout l'apéritif. « Faut que j'aille pisser », j'ai grimacé en m'appuyant sur le dossier du canapé pour assurer une station verticale crédible. Frank a aussitôt esquissé un geste de secours dans ma direction. « T'inquiète », j'ai dit en affichant le plat de ma main afin de le dissuader d'intervenir, « c'est juste un *vertige positionnel paroxystique bénin* ». Je lui ai adressé un dernier sourire avant de me mettre en chemin : « Je te jure que ça existe, comme terme, va vérifier sur Wikipedia. Est-ce que je serais capable de te sortir un truc pareil si j'étais vraiment bourré ? »

J'ai quitté le salon pour déboucher dans le couloir, où Lisa avait probablement pris soin, avant mon arrivée, de décrocher du mur quelques photos de famille : Lilou avec son papa, Lilou avec sa maman, Lilou avec son papa et sa maman, Lilou en été sur la plage, Lilou en hiver à la neige, l'anniversaire de Lilou, le Noël de Lilou. À la salle de bains, on avait également fait disparaître les canards et autres jouets en plastique qu'on laisse habituellement se tacher de calcaire sur le rebord des baignoires. Seules quelques figurines antidérapantes d'animaux restaient collées sur le fond de la céramique, qui m'ont conduit un instant à m'interroger : est-ce que cela faisait de moi un mauvais père, de ne pas avoir songé à munir ma baignoire d'antidérapants, du temps que Clément ne prenait pas encore sa douche seul ? Je me suis demandé également comment, avec des parents aussi attentifs, une fillette de deux ans pourrait bien mourir noyée dans son bain. Ou se faire écraser par une rame de métro.

Le maïs des chips tex-mex mal marié au tannin du gamay, l'excès d'alcool ou tout simplement le désespoir, tout cela commençait à sérieusement tourner dans mon estomac. En quelques secondes, la nausée avait fait perler la sueur à la racine de mes cheveux. J'ai fermé la porte de la salle de bains à clé et, le temps d'apercevoir dans le miroir du lavabo que j'avais blêmi, je me suis laissé tomber à genoux par terre pour vomir une première salve dans la cuvette des toilettes qui sentait le propre et l'eau de Javel. La bouche amère, grognant, les doigts crispés sur le bois compressé de la lunette sans me soucier le moins du monde du nombre de paires de fesses qui s'y étaient posées ni des milliers de kilos de merde qui avaient transité par là, j'ai fixé du coin de mes yeux exorbités mes bottines empêtrées dans le tapis de bain à gros poil, puis j'ai à nouveau vomi mon vin jusqu'à la bile. Avant de tirer la chasse, j'ai déroulé un bon mètre de papier toilette afin d'éponger l'abattant souillé. Malgré mon état, j'ai pensé à Peter Sellers tentant en vain de contenir un débordement de cuvette dans *The Party*, un film qui faisait hurler de rire Clément. Et cela me mettait en joie, moi, chaque fois que je lui passais ce film en DVD, cela me rassurait sur la bonne marche du monde de l'entendre rire à des situations comiques imaginées l'année ou presque de ma naissance, près de quarante ans plus tôt. Chaque fois, je me disais que la technologie avait beau faire, avec les jeux vidéo et les téléphones portables, elle ne nous enlèverait jamais l'indémodable bonheur de rire ensemble sur un film en Technicolor ou sur un bon vieux Louis de Funès.

Après le dégueulis, la chair de poule. Comme je claquais des dents, j'ai étendu mes jambes et je me suis allongé sur le flanc, groggy et pégueux, la joue écrasée contre le carrelage du sol, bavant bouche ouverte, bien conscient de faire désordre dans cette salle d'eau claire, hygiénique et parfumée. J'ai profité de ma position pour tirer de la poche arrière de mon jean le texte de Clément que j'ai relu couché, avec le décor planté de biais devant moi. À présent, il me paraissait évident qu'il ne cherchait pas tant à imiter tous ces rappeurs aussi présomptueux qu'écervelés mais avait plutôt choisi très précisément ses mots et ses exemples, exprimant entre les lignes ses propres complexes et sa crainte caractéristique d'adolescent trop sensible et trop raffiné écartelé par cette tyrannie de la virilité qu'exercent tous ces types qui ont du poil au zizi avant vous : celle de se *taper l'affiche* devant les potes et devant les filles. Il me bouleversait, ce sobriquet de *Toxic Kougar* qu'il s'était déniché. Lui qui avait le vertige, tournait de l'œil à la vue du sang, redoutait comme la peste les piqûres d'abeille et qui aidait les vieilles dames à traverser aux feux rouges.

Ta copine te met un râteau en te disant qu' t'es pas beau. En constatant qu'il n'avait pas omis l'accent circonflexe sur *râteau*, je n'ai pas pu empêcher la montagne de pousser d'un coup dans ma poitrine et de jaillir à nouveau par mes yeux et ma bouche. Lui qui, j'en mettrais mes deux bras et mes deux jambes à couper, n'avait jamais reçu d'une fille un simple smack de sa vie. Lui qui passait un quart d'heure entier chaque matin dans notre salle de bains à se coiffer et à se parfumer pour des prunes, puisque ses Maria n'avaient d'yeux que pour ceux qui avaient du poil au zizi et pas de temps à perdre avec les vieilles dames aux passages cloutés. Maria qui, n'avait-il pu s'empêcher de me confier un jour, Maria qui avait eu le culot de demander aux garçons de la classe de l'accompagner le samedi suivant au centre commercial du quartier afin de l'aider à porter son shopping. «J'espère que tu ne vas pas t'abaisser à faire une chose pareille?» je m'étais scandalisé dans le salon, «J'espère que tu ne vas pas faire comme tous ces crétins, hein?» Moi qui, au même âge, serais à coup sûr tombé dans le panneau, tout crétin que je n'ai jamais cessé de me montrer avec les femmes. «Les femmes, Clément, tu verras, c'est *Fuis-moi je te suis*, *Suis-moi je te fuis*, est-ce que tu comprends cette expression? Il faut te faire désirer, même si tu crèves de désir, tu entends? Tu n'es pas un pigeon, mon fils. Une femme, si tu es trop gentil avec elle, tu perds sa considération. Les femmes, elles te diront toujours le contraire. Mais la seule chose qu'elles respectent, c'est un mec qui n'est pas à leurs pieds. Même si ça peut te paraître un peu abstrait, ce que je te dis là, retiens-le bien, ça te servira pour tout le reste de ta vie. Tu verras.» Je le lui avais dit sans rire, exactement comme je lui disais sans rire que je ne supportais plus ses sales notes en maths ou son baggy porté sans ceinture.

En dépit de mes larmes tièdes, je me sentais, comme en hiver dans une maison humide et mal chauffée. Mes orteils me semblaient glacés au fond de mes chaussettes, et mes doigts arthritiques. J'ai lâché la feuille puis à nouveau glissé la main dans la poche arrière de mon jean. J'en ai tiré un second papier plus petit, que j'ai déplié, et j'ai composé le numéro qui avait été inscrit au Bic. «Je voudrais parler à Malik», j'ai dit en reniflant à la voix qui, pour toute réponse au chaos, a dit un «Oui» sans salamalecs.

Malik m'avait donné rendez-vous au McDonald's qui se trouve à la sortie du métro Marx-Dormoy, dans le XVIIIe arrondissement. Je me souvenais encore par cœur de la commande habituelle de Clément au McDo, du temps qu'il tolérait encore que je l'y accompagne, le mercredi midi, avant son entraînement de foot : 1 Big Mac, 9 Chicken McNuggets, 2 sauces Barbecue, 1 sauce Curry, 1 grand Coca Zéro. Jamais de frites ni de dessert, il était le seul enfant que je connaisse à ne pas aimer ça. «Pourquoi tu ne prends pas un menu? C'est moins cher», je ne manquais pas, chaque fois, de lui reprocher hypocritement. «Et puis c'est dégoûtant», je tentais ensuite de le culpabiliser, «je ne sais pas comment tu fais pour avaler une cochonnerie pareille, c'est plein de sucre et ça n'a pas de goût.» Chaque mercredi midi, ainsi, je tentais sadiquement de lui gâcher son plaisir, jaloux que j'étais de le voir dévorer sans réserve son hamburger et ses sauces aromatisées. Pas comme mes pâtes trop cuites, mes steaks pas assez tendres ou mes légumes verts mal décongelés et mal assaisonnés que, à la maison, il se forçait tous les soirs à finir parce qu'il savait que cela me faisait plaisir, de le voir manger ce que je lui préparais. Je lui gâchais son plaisir par sadisme et par jalousie, tout en me gardant bien de lui dire que, à dix-onze ans moi aussi, j'aimais ça tout autant que lui, les McDonald's. Et aussi les Burger King, les Frectime et les O'Kitch, toutes ces chaînes éphémères de fast-foods des années 1980 dont j'aurais pu également lui parler si seulement j'avais été un peu moins orgueilleux.

Cela m'a frappé, la proportion d'étrangers dans les rues environnantes. Je savais bien qu'il y avait, dans le nord de Paris, des quartiers à forte concentration d'immigrés, mais je ne m'y rendais jamais, me contentant d'en entendre parler à la télé avec le sentiment qu'ils m'étaient familiers puisque se situant à peine à une dizaine de stations de métro de chez moi. Je ne me doutais pas à quel point c'était dépaysant, la sortie du métro Marx-Dormoy. Des Maghrébins, des Africains, des Indiens partout, des hommes surtout, s'exprimant dans leur langue natale. À première vue, la principale différence avec les quartiers à dominante de Français de souche, c'était la présence d'une quantité de boutiques et d'épiceries bon marché aux couleurs vives, mais également la façon dont les gens occupaient l'espace. On ne *passait* pas seulement sur le trottoir, on s'y installait. Partout il y avait des gens debout par petits groupes, des types jouant aux cartes sur les bancs publics, et d'autres encore adossés aux carrosseries de vieux modèles de Renault garés le long des trottoirs.

Malik était attablé à l'étage en compagnie d'un autre garçon noir. Je me suis approché, un peu gauche, intimidé de constater que j'étais le seul Blanc de la salle. Penchés au-dessus d'un unique plateau qu'ils avaient placé au centre de la table, ils se partageaient une dizaine d'ailes de poulet qu'ils trempaient dans des portions de ketchup et de mayonnaise, lesquelles, étalées séparément sur les bords du set en papier, pouvaient évoquer de la peinture à l'huile sur une palette d'artiste pop art. Tout en mangeant, Malik tenait son téléphone portable contre son oreille. En guise de salut, le type qui l'accompagnait a levé vers moi des yeux méfiants qu'il a baissés aussitôt : rien dans mon apparence ne semblait mériter qu'il s'attardât davantage. «Allô?» a dit Malik, qui s'était montré à peine moins inamical, se contentant à mon intention d'un simple haussement de sourcils. On aurait dit qu'il avait oublié qu'il m'avait donné rendez-vous, ou seulement déjà rencontré. Bravant mes hésitations, je me suis assis à côté de lui sur la banquette. «J'ai quelque chose pour toi», a dit Malik de profil, imperturbable, son téléphone toujours collé contre son oreille. «C'est quoi?» j'ai demandé bêtement, à la fois surpris par ce tutoiement inopiné et sans bien déterminer si c'est à moi ou non qu'il s'adressait. «C'est mieux que tout le *maka* que je pourrais te donner.» Il a tendu le bras vers le plateau et, de sa main libre, s'est essuyé négligemment le bout des doigts dans une serviette en papier tout en répétant un «Allô» resté manifestement sans réponse à l'autre bout du fil. Je n'avais jamais entendu de ma vie le mot *maka*, et il m'a fallu quelques instants de réflexion pour comprendre que, vu le contexte, cela signifiait probablement *came* en verlan. «Tu es prêt à voyager?» il a poursuivi en tournant sa tête vers moi pour la première fois. «Voyager? *Voyager* comment?» j'ai demandé, ne sachant pas trop sur quel pied danser avec les mots à double sens. Il m'a regardé d'un air étonné, ne voyant pas davantage où je voulais en venir. «Allô?» il a fait pour la troisième fois dans le vide, mais sans en concevoir d'impatience particulière. «Voyager normal. Prendre l'avion, quoi. Tu es prêt?» Mâchant ses ailes de poulet dans une série de craquements sourds, l'autre type a jeté un nouveau coup d'œil express dans ma direction, dans lequel je ne lisais plus tant une indifférence vaguement hostile qu'une manière très rapide et très précise d'analyser mes réactions. J'étais troublé par la placidité, par l'aplomb naturel de ces deux garçons qui, l'un avec son téléphone vissé à l'oreille et l'autre suçotant sans un mot ses os de poulet avec ses coudes plantés sur la table, ne s'encombraient d'aucune affectation. «Oui, bien sûr», j'ai répondu bravement, mais sans m'empêcher d'imaginer que Malik, sous ses dehors désintéressés de la première fois, était en train de me mener en bateau. «Tu es déjà allé en Afrique?» il a précisé. L'autre type a de nouveau levé la tête, mais un peu plus longuement, avec un regard teinté cette fois d'une légère nuance de défi et d'ironie, attendant une réponse qui s'avérerait forcément décevante. «Ben, je suis allé faire du tourisme une fois au Maroc, il y a deux ans. Mais j'imagine bien que ce n'est pas ça, l'Afrique.» Le type a baissé les yeux et a repris une aile de poulet neuve sur le plateau : comme prévu, j'avais déçu. «Allô?» a calmement insisté Malik dans son téléphone tout en portant à sa bouche la paille de son gobelet de soda. Il a aspiré longuement, avec son blazer et ses yeux intransigeants en amande derrière ses lunettes à la façon d'un activiste radical, type Malcolm X. Ses longs doigts entouraient le carton du gobelet un peu comme Samuel L. Jackson dans *Pulp Fiction*, une fois avalée sa bouchée de Big Kahuna Burger. «Je connais quelqu'un qui peut faire quelque chose pour toi», il a dit après avoir reposé le gobelet sur la table puis étouffé discrètement du poing un renvoi gazeux. «Tu prends un avion jusqu'à Ouaga, et là tu vas voir mon oncle qui va te présenter quelqu'un qui soigne tout.» Il a ponctué sa phrase en saisissant à son tour une aile de poulet sur le plateau. «Allô?» il a rajouté en se détournant aussi sec, la viande en suspens entre son pouce et son index. Toutes les questions qui me venaient naturellement à l'esprit : «C'est qui, ce copain de ton oncle?», «Ça va me coûter combien?», «Et d'abord, ton oncle lui-même, qu'est-ce qu'il fait dans la vie?», «Et une fois là-bas, qu'est-ce que je dois faire?», «Je dors où?», «Il y a le palu, dans ton pays?», toutes ces questions inévitables, *normales*, je me suis forcé à ne pas les poser. En les regardant l'un et l'autre aussi calmes, silencieux, sans fioritures, dégustant paisiblement leurs ailes de poulet sur la table, je ne sais pas pourquoi, je n'ai pas osé. En comparaison, je me sentais inutile, niais, frileux, agité, bourgeois, blanc, inapproprié. Je sentais que, du moment que j'avais accepté de partir et pris le risque de faire confiance à Malik, toutes ces considérations utilitaires se résoudraient d'elles-mêmes. À la place, j'ai dit simplement : « *Ouaga*, c'est Ouagadougou, j'imagine ? C'est dans quel pays, déjà ? Au Niger ? Au Mali ? » « Au Burkina Faso », a précisé Malik en mastiquant. « Ah oui, le Burkina Faso, excusez-moi », je me suis repris, mais sans l'impression d'avoir vexé quiconque. J'ai immédiatement pensé que Clément, lui, n'aurait même pas songé à poser la question. Lui qui m'avait demandé un jour si je savais quel était « l'idiome officiel » de la République des Kiribati, ravi de me donner le nom d'un pays dont, à coup sûr, je n'avais jamais entendu parler. « Le *gilbertin* », il avait répondu à ma langue que je donnais au chat, sur ce ton un peu docte qui me rappelait celui des speakers des actualités Pathé de la Seconde Guerre mondiale, et qui, comme les films de Peter Sellers et de Louis de Funès qu'on regardait ensemble, me rassuraient tellement sur la pérennité des bonnes choses.

Je vais partir au Burkina Faso. C'est le texto que, sans trop réfléchir, j'ai envoyé à Ghislaine juste après avoir quitté Malik et son acolyte au McDonald's. Sans formule de salutation ni signature, sans non plus faire référence à son

SMS de la veille resté sans réponse de ma part. En ne donnant pas mon nom, je crois que je voulais surtout vérifier qu'elle y associait toujours mon numéro de téléphone, et qu'ainsi je ne lui étais pas déjà sorti de la tête. Je pense aussi que j'avais envie de lui plaire en lui disant à elle, Noire, que moi, Blanc, je m'apprêtais à partir pour l'Afrique. J'ai rangé mon téléphone dans ma poche et j'ai marché un peu au hasard jusqu'au croisement de l'avenue Marx-Dormoy et de la rue Doudeauville, où une enseigne caractéristique signalait un cybercafé. Il y avait longtemps que les cybercafés avaient disparu des quartiers à dominante de Français de souche. Et pourtant, moi qui avais vingt-cinq ans révolus dans les années de la généralisation d'Internet, cela me semblait toujours moderne, en 2009, un cybercafé. La boutique faisait aussi taxiphone et affichait des tarifs avantageux vers l'Afrique du Nord et de l'Ouest. J'ai pris place face à un vieux terminal au boîtier jauni, et je me suis directement connecté au site de ma banque. Jamais auparavant je n'aurais pris ainsi le risque de rentrer les codes d'accès à mon compte bancaire à partir d'un ordinateur public. De la même façon, redoutant toujours de découvrir qu'il me restait en réserve moins d'argent que je ne l'imaginais, j'évitais autant que possible de consulter soldes et relevés d'opérations. Mais, désormais, cela m'était bien égal de me retrouver ou non dans le rouge.

Il y avait sur mon compte courant un peu

moins de sept mille euros et, en épargne, cent quarante-trois euros et quelques qui traînaient là depuis l'époque, probablement, où un conseiller de la BNP m'avait indiqué qu'il était obligatoire, lors de l'ouverture d'un compte, de toujours laisser une somme en épargne, fût-elle symbolique. Maintenant que je me retrouvais tout seul, sans autre bouche à nourrir que la mienne, cela me paraissait beaucoup d'argent, sept mille euros, presque trop. Car on ne se rend jamais assez compte, avant de faire des enfants, combien les choses sont simples, lorsqu'il s'agit de ne prendre soin que de soi. Combien on ne risquerait pas grand-chose, au fond, à ne rien prévoir.

Dans la rubrique «Dernières opérations», le prélèvement mensuel de 17,90 euros du forfait SFR de Clément courait toujours. «Hors de question de te prendre autre chose qu'un forfait bloqué», je l'avais prévenu dans la boutique, intransigeant, quelques jours avant son entrée en cinquième. «Une heure de communication par mois, à ton âge, c'est largement suffisant. Ce téléphone, c'est pour que tu m'appelles dès que tu sors de l'école, c'est pour que je sache toujours où tu es, pas pour appeler les copains, c'est bien compris?» je l'avais menacé, incapable que je me suis toujours montré, chaque fois qu'il s'est agi de responsabiliser Clément, de lui présenter les choses avec un minimum de décontraction et de fantaisie. Tout comme, plus généralement, je me suis toujours avéré incapable de lui faire le moindre compliment sans l'atténuer aussitôt d'un reproche ou d'une moquerie. Tout comme, plus généralement encore, je me suis chaque matin avéré incapable de le laisser partir pour sa journée d'école l'esprit tranquille, sans l'accabler de mes reproches jusque sur le seuil de l'ascenseur, sans lui ordonner sèchement à la dernière seconde de remonter son pantalon sur sa taille ou de réussir son contrôle de maths sous peine de représailles, contribuant sans doute à éveiller chez lui un œdipe carabiné qu'il n'aura même pas eu le temps de me renvoyer à la figure.

Donc, plutôt que de me réjouir de la joie qu'a manifestée Clément ce jour-là en recevant son premier téléphone portable, il a fallu que je la lui gâche en lui exposant d'emblée les contraintes auxquelles il serait soumis. Tout comme, en lui offrant sa console PSP pour ses dix ans, je n'avais pu m'empêcher de lui dire : «Prends-en bien soin parce que, je te préviens, je ne t'en rachèterai pas d'autre.»

Je lui avais acheté ce téléphone parce qu'on avait convenu ensemble que, pour se rendre à son collège, il prendrait le métro seul désormais. Parce que, de la même façon que, un beau matin, Clément s'était mis tout naturellement à choisir ses vêtements lui-même dans son placard, j'avais naturellement fini moi aussi par intégrer que, dès la classe de cinquième, un père ne devait plus accompagner son fils à l'école devant les copains. La première fois, afin de tester son sens de l'orientation, je lui ai demandé de m'emmener porte à porte depuis la maison jusqu'au collège, en agissant comme si c'est lui qui devait m'enseigner le trajet. La deuxième fois, je lui ai dit de monter dans un wagon de métro différent du mien, et de faire comme si je n'étais pas là. La troisième fois, lui ayant assuré qu'il était prêt à y aller sans moi, qu'il connaissait suffisamment bien le trajet, j'ai fait mine de le laisser partir seul, mais je l'ai suivi de loin sans qu'il le sache. Avec ce pas significatif qu'il accomplissait vers son indépendance, j'ai pris alors brutalement conscience de la fragilité de mon fils, comme tous les parents d'adolescents du monde. J'ai éprouvé, comme eux, le vertige d'imaginer qu'en mon absence, un accident pouvait lui arriver n'importe où et n'importe quand. Et, comme tous les parents du monde, j'ai fini par me raisonner, en me disant qu'on ne peut pas chaperonner un enfant tout au long de sa vie. Que la vie, c'est par essence un risque potentiel à courir de s'estropier ou de mourir à chaque instant de chaque jour. Je me suis dit, enfin, que je ne serais pas fâché de goûter au plaisir de mettre mon réveil à sonner un peu plus tard chaque matin, en me contentant simplement, depuis mon lit, d'écouter la porte claquer dans le dos de Clément. Et puis, les accidents, c'est bien joli mais ça n'arrive qu'aux enfants des autres. Même le jour où, à cinq ans, échappant à ma vigilance, il avait manqué d'extrême justesse de se faire écraser par un bus dans la rue des Pyrénées, même ce jour-là je m'étais dit ceci : «Les vrais drames, ça n'arrive qu'aux autres. Moi, la providence vient de me mettre en garde, mais a fini par me sourire.» Ce jour où un mastodonte de bus à soufflet avait pilé à moins de vingt centimètres des épaules de Clément, ce coup de frein inoubliable qui avait entraîné le balancement lourd et chaloupé de l'énorme carcasse métallique sur les amortisseurs, et entraîné aussi la chute d'une demi-douzaine de passagers à l'intérieur, ce jour-là, moi d'ordinaire si rationnel, je n'ai pu m'empêcher de penser que le destin me mettait en garde et qu'en conséquence, il n'arriverait plus jamais rien à Clément puisque, désormais, j'étais prévenu. Et, de fait, le cœur ébranlé à l'idée de ce qui aurait pu se passer, me précipitant pour finir d'arracher Clément à cette tragédie à laquelle il venait d'échapper sans moi, avec le chauffeur du bus qui avait relevé sur son front ses lunettes de soleil pour mieux m'engueuler par la fenêtre, avec les regards réprobateurs des badauds sur le trottoir, de fait, l'épisode m'a fait mesurer combien fragile est l'existence de ceux qu'on aime le plus au monde, combien la vie, à tout moment, est susceptible de se retourner contre vous, aussi imprévisiblement qu'un animal domestique frappé de démence vis-à-vis de ses maîtres. J'avais pris Clément dans mes bras comme si je l'arrachais à un bain de glace. J'avais remercié le chauffeur furibard, j'étais allé m'excuser auprès des passagers du bus et même auprès des badauds médisants du trottoir. Et puis je m'étais juré que, jusqu'à ma mort, je ne lâcherais plus jamais la main de Clément dans la rue parce que j'avais bien retenu la leçon. J'ai regardé un bout de ciel bleu à travers les nuages en disant « Merci », je n'ai pas lâché une seconde Clément de ma main tremblotante et nous sommes rentrés à la maison.

Je me rappelle m'être montré particulièrement doux avec Clément, ce soir-là. En repassant avec lui devant La Grande Récré qui jouxtait notre immeuble, je me rappelle lui avoir dit qu'il pourrait choisir parmi les rayons, que je lui achèterais tout ce qu'il voudrait, même les jouets les plus chers. Je lui ai dit cela, moi qui avais fini, à force d'opposer des refus systématiques à ses demandes régulières de lui acheter un jouet à La Grande Récré, par le dégoûter de toute velléité d'aborder seulement le sujet. Ce soir-là, j'ai dû, également, tenter de lui préparer moi-même des hamburgers, avec de la viande hachée achetée chez le boucher et des tomates fraîches. J'ai dû acheter aussi des escalopes de poulet, tenter de les débiter en carrés réguliers, les rouler dans l'œuf et la chapelure et les plonger dans l'huile bouillante, pensant que Clément apprécierait davantage encore que les surgelés du McDonald's. Mais c'était oublier que les hamburgers maison, en général, cela rassure les parents mais déçoit les enfants. Tout au long de cette soirée-là, ainsi, je me suis montré particulièrement patient, attentionné et aimant avec Clément, parce que je n'arrêtais pas d'imaginer que j'étais passé à deux doigts de le perdre pour toujours sous les roues du bus, quelques heures auparavant. J'ai dû aussi, après qu'il se fut endormi, rester de longues minutes à côté de son lit, à savourer ce miracle banal de constater que son enfant est en vie et en bonne santé. Puis je suis allé me coucher à mon tour. La nuit est passée et un nouveau jour est arrivé. J'ai amené, comme chaque matin, Clément à l'école, et la journée qui s'est ensuivie s'est chargée doucement de dissiper cet état de grâce. Et le soir même, cela ne fait aucun doute, je criais à nouveau à Clément de s'approcher de son assiette pour ne pas faire tomber d'aliments par terre et de ne pas manger avec les doigts.

J'ai relevé la tête. Devant moi, l'écran de l'ordinateur indiquait que ma session avait expiré. Après de longues secondes au cours desquelles je me suis demandé ce qui pouvait bien me retenir d'aller, à mon tour, me jeter sous les roues d'un bus ou d'un métro, j'ai relancé le navigateur internet de la machine, puis rentré les mots « Paris » et « Ouagadougou » dans un moteur de recherche d'agence de voyages. Il y avait un vol direct à 941 euros au départ de Roissy trois jours plus tard. Sans chercher à dégotter moins cher ailleurs, j'ai coché Non pour l'assurance annulation, j'ai reporté mes numéros de Carte Visa dans les cases, j'ai fermé ma session, je me suis levé pour aller payer auprès du gérant indien et je suis sorti.

Mais qu'allez-vous faire là-bas ? Avec l'été qui paraissait tenir ses promesses sur ce trottoir, le texto de Ghislaine a, contre toute attente, rouvert quelque chose de clair et léger dans ma poitrine. J'aimais ce «Mais» préliminaire qui rendait sa phrase vivante, humaine, concernée. Ne sachant quoi répondre d'intelligent, j'ai remis mon téléphone dans ma poche en attendant l'inspiration, avec un relent d'impatience de jeune homme. Du vivant de Clément, je me demandais parfois à quoi aurait ressemblé ma vie si je n'avais pas eu d'enfant. Je me posais des questions qu'autrement je ne me serais jamais posées : combien d'argent j'aurais pu économiser, combien de voyages j'aurais pu effectuer, et, surtout, combien de femmes différentes j'aurais pu rencontrer librement, sans contraintes d'horaires, sans avoir à m'«organiser», sans avoir à me rendre chaque matin au bureau pour me livrer à un métier que je n'aimais pas, dans le seul but de gagner de quoi payer régulièrement le loyer d'un appartement où donner à mon fils un cadre de vie aussi rassurant que possible. Moi qui, à vingt-cinq ans, un jour que nous nous y étions mal pris avec Hélène, l'avais mise enceinte, puis avais prié secrètement pour qu'elle ne se mette pas en tête de garder le bébé, trop craintif que j'étais de la perdre si je lui intimais d'aller se faire avorter, et surtout trop lâche pour assumer vis-à-vis d'elle de très bien concevoir une vie entière sans enfants. Moi qui enviais ces milliers d'Allemands de mon âge qui, chaque année, décidaient de se faire vasectomiser, sans scrupules d'aucune sorte ni souci de dépeupler leur nation. Moi qui, une fois Clément né, une fois plongé dans l'obligation des nuits blanches, des biberons à préparer et d'un meilleur salaire à négocier auprès de ma direction pour assurer un avenir à ma famille, me suis mis, justement, à ne plus jurer que par cela : la famille. « Tu imagines, si on était restés comme eux ? » je glissais à l'oreille d'Hélène sur un ton narquois lorsque, mes mains bien calées dans les deux poignées de la poussette de Clément, nous regardions nos contemporains célibataires refaire le monde assis en rond sur les pelouses du parc Montsouris. Je suis devenu à ce point intolérant de l'insouciance et de la jeunesse que j'ai fini par me persuader moi-même qu'être un homme, c'était être père, point. Qu'être un homme, c'était se montrer capable de faire bravement une croix sur sa liberté et ne plus envisager l'avenir qu'à travers celui de ses propres enfants. Que certains avaient beau traverser les océans sur des coquilles de noix ou couvrir des guerres à l'autre bout de la planète, tout cela restait du divertissement s'ils ne s'attaquaient, au moins une fois dans leur vie, à la seule véritable abnégation qui est celle d'une présence indéfectible auprès de ses enfants.

Une sorte de sable mouvant recommençait à me soulever le ventre. J'ai sorti mon portable de ma poche : *Avez-vous le temps de prendre un verre ?* j'ai composé en évitant de trop réfléchir, tout en m'astreignant néanmoins à conserver le même niveau d'exigence grammaticale que Ghislaine. Du vivant de Clément, je pensais parfois : « Après le bac, terminé, il se démerde. Et à moi la belle vie. » Même si je me doutais bien qu'on n'en finit jamais tout à fait de s'empêcher de vivre pour ses enfants, et qu'après son bac j'aurais à me soucier d'aider Clément à trouver une chambre de bonne pour ses études, à me porter caution solidaire auprès du propriétaire, à lui présenter mes bulletins de salaire de fonctionnaire pour le rassurer, à financer quelques travaux de rénovation, un lit, des draps, une table, un frigidaire, un four à micro-ondes, de la vaisselle et un ordinateur portable neuf. À virer chaque mois sur le compte de Clément de quoi vivre jusqu'à ce que, bien des années plus tard et dans le meilleur des cas, mon fils ait le bon goût d'obtenir à son tour un CDI de fonctionnaire quelque part afin de me rassurer et de me laisser, enfin, jouir de mon temps libre et de la totalité de mon trop modeste salaire.

Dans ma poche, un nouveau message : *Maintenant ?* Avec ce ton direct qui ne laissait plus beaucoup de place à l'ambiguïté, mon cœur s'est mis à accélérer. À mon tour, j'ai tapé : *Si vous le pouvez, oui. Où vous voudrez.* Au moins le deuil, en déchargeant de son importance tout le reste, me donnait-il un esprit d'initiative que je ne me serais jamais soupçonné. Tout en poursuivant mon chemin le long de la rue du Faubourg-Saint-Denis, j'ai repensé à la proposition qui m'avait été faite, du temps de Mital, d'être envoyé pour trois ans en Roumanie comme assistant technique auprès de l'ambassade de France. Avant même de prendre connaissance du descriptif du poste que Mital venait d'imprimer à mon intention, je me souviens m'être immédiatement demandé : «Et Clément, alors ?» C'est ce que j'avais dit à Mital lorsqu'il m'avait tendu le papier : «Et mon fils, alors ?» «Votre fils», avait-il souri dans un geste d'apaisement enthousiaste, «votre fils, vous pourrez l'inscrire au Lycée français de Bucarest. Le niveau y est excellent, je crois». Puis j'avais lu la fiche descriptive du poste : un rôle de coordonnateur d'une équipe de dix personnes, un budget de fonctionnement conséquent, un bureau installé au sein de l'équivalent roumain du ministère de l'Éducation nationale, une base mensuelle de salaire de 2 500 euros à laquelle il fallait ajouter, nets d'impôts, un indice d'expatriation de 2 000 euros environ ainsi qu'un supplément familial de 1 000 euros en tant que responsable légal de mon fils. Avec ça, un véhicule de fonction, des week-ends complets, le bénéfice des vacances scolaires et deux allers et retours par an Bucarest-Paris pour Clément et moi à la charge du Quai d'Orsay.

Toutes ces informations auraient pu me procurer une sensation comparable, j'imagine, à ce que l'on peut ressentir lorsque l'on gagne suffisamment gros au Loto pour que cela entraîne un changement significatif de votre existence. À la place, j'ai rendu à Mital un sourire aussi large que possible en lui promettant de donner ma réponse au plus vite, mais tout en ne pouvant empêcher, au fond de moi, de s'immiscer le pressentiment que je ne partirais pas. « Et moi, alors ? » m'a rétorqué Hélène avec un aplomb sans appel au téléphone, quelques minutes plus tard, « Tu y as pensé, à moi ? » « Mais tu pourras voir Clément aux vacances scolaires », j'ai tenté d'argumenter tout en sachant que la partie était perdue d'avance. « Toutes les six semaines, ce n'est pas si long, non ? » Le même jour, sur le chemin du retour de l'école, j'en ai parlé à Clément, qui m'a, comme sa mère, aussitôt répondu non. « Pourquoi ? » je lui ai demandé, étonné autant que déçu. « Qu'est-ce qui te manquerait tant que ça, si on partait tous les deux ? » « Maman », il a ajouté sans hésiter, provoquant pour la première fois chez moi un sentiment de trahison filiale proche du dépit amoureux. « Contacte un avocat », m'a encouragé Anne un peu plus tard dans la soirée, « Une proposition comme celle-là, ça ne se refuse pas. » Trois jours plus tard, un avocat préposé au conseil juridique gratuit de la mairie de mon arrondissement m'annonçait qu'un tel chamboulement dans la vie d'un enfant de huit ans ne pouvait s'opérer qu'avec l'aval de la mère. Jamais un juge aux Affaires familiales ne me laisserait, ainsi, emmener Clément sans que cela soit justifié par des arguments plus imparables qu'une simple opportunité professionnelle à saisir. Je n'étais pas sur le point de perdre mon emploi à Paris, n'est-ce pas? Et puis, tout à fait entre nous, Bucarest, il ne se serait pas battu pour une destination pareille, lui. Non, plus sérieusement, la seule solution, c'était que je consente à partir seul, à abandonner la garde de Clément à Hélène et à réclamer un droit de visite étendu à la totalité de la durée des vacances scolaires. Considérant que je m'étais toujours montré un père exemplaire, c'était défendable.

Voilà comment, pour ne pas courir le risque de regretter toute ma vie d'être égoïstement parti doubler mon salaire à l'étranger, au mépris des récriminations de mon ex-femme et de mon fils, voilà comment j'ai manqué la seule occasion qui m'avait été donnée jusque-là de rendre mon quotidien plus attrayant. «C'est parce que tu ne le désirais pas vraiment», m'a reproché Anne le surlendemain sur un ton de léger agacement. Elle n'avait sans doute pas tort. De tout temps, les pères, même les plus aimants, n'avaient pas hésité à s'éloigner provisoirement de leurs enfants afin de pourvoir à leurs besoins : les pêcheurs, les capitaines au long cours, les militaires, les commis voyageurs. Et cela n'avait jamais empêché lesdits enfants de grandir, de s'épanouir, et puis de devenir à leur tour de bons pères et de bonnes mères de famille. Moi, du jour où Clément était né, je n'avais cessé, sans raison, de me considérer comme potentiellement coupable de l'abandonner. Aux femmes que j'ai rencontrées après qu'Hélène m'eut quitté, c'est d'ailleurs la première chose que je disais : «Je te préviens, j'ai un fils.» Et au lieu, comme tous les pères divorcés, de mener d'abord ma vie d'homme, au lieu de privilégier ma carrière professionnelle et de laisser davantage d'autonomie à mon fils afin de me rendre plus disponible aux femmes qui partageaient ma vie, au lieu de me comporter en être humain normal, né pour s'accomplir et se faire du bien, la tare de la culpabilité m'aura non seulement empêché de profiter calmement des bons moments que la vie pouvait m'offrir, m'inquiétant du sentiment d'abandon que Clément pouvait nourrir lorsque je me trouvais seul avec une femme, m'inquiétant du sentiment de frustration qu'une femme tout juste rencontrée pouvait bien nourrir chaque fois que je lui imposais Clément à table et en week-end. Au lieu de tout cela, donc, à toujours chercher à faire plaisir à tout le monde, j'ai fini, au bout du compte, par ne donner satisfaction à personne. Puisqu'on sait bien que, exactement comme une femme à son homme, tout ce qu'un enfant demande à son père pour se préparer à son tour à regarder la vie bien en face, c'est d'assumer ses choix.

Il y avait des vitres teintées sur la devanture de l'agence Banque populaire de la rue Notre-Dame-des-Champs. En y apercevant ma silhouette, j'ai réalisé que, depuis la mort de Clément, je ne m'étais pas regardé dans une glace. Je me suis approché. Curieuse sensation que celle de se retrouver après avoir été, pour tout le reste de sa vie, assommé par le destin. La part de vous-même reflétée dans le miroir accuse le coup quand l'autre, plus distanciée, voudrait rester incrédule, voudrait refuser de jouer le jeu du traumatisme émotionnel. Voudrait même sourire un peu pour vous rappeler que, au fond, rien n'est vraiment grave et que votre surmoi l'emportera toujours. J'ai essayé, pour voir, mais il n'y avait rien à faire : quelque chose s'était irrémédiablement cassé dans mon regard qui m'avait fait prendre dix ans d'un coup. Malgré tout, j'ai remis un peu d'ordre parmi les mèches de cheveux qui me collaient au front, j'ai boutonné ma chemise d'un cran supplémentaire et je suis entré dans ce café indiqué par Ghislaine et dont, par les carreaux, je pouvais apercevoir les portes du lycée Stanislas. À la fin des années 1980, mon père, au cours de l'un de ses accès inopinés d'autorité, avait réussi à convaincre ma mère que c'était dans cette école privée pour garçons qu'il fallait que j'accomplisse ma classe de première pour me préparer sérieusement au bac, ayant frôlé le redoublement de ma seconde. Moi qui, jusque-là, n'avais jamais osé aborder une fille dans un lycée mixte, c'est pourtant au cours de cette année scolaire que j'ai pu étrenner ce tempérament d'amoureux trop aimant dont je n'ai jamais, lors des vingt-cinq années qui ont suivi, véritablement réussi à tirer la leçon.

Elle s'appelait Apolline et m'avait été présentée à l'occasion d'un dîner chez les parents de

Sacha, un camarade libanais de l'époque, et je me rappelle encore les frissons d'excitation et d'appréhension qui m'avaient saisi lorsque, au terme du repas, j'ai compris que c'est avec elle que je cesserais enfin d'être puceau. C'était au mois de février, il faisait un froid sec et le ciel était bleu. Être amoureux à s'en couper l'appétit pour la première fois, faire l'amour pour la première fois, souffrir d'amour pour la première fois : tant d'émotions nouvelles ont, dans mon souvenir, rendu cette année de mes seize ans particulière, beaucoup plus précise que les autres. C'était quelques mois après l'arrestation du tueur de vieilles dames en série Thierry Paulin, au moment de l'inauguration de la Pyramide du Louvre et de la libération des otages français au Liban, l'année de *Bamboleo* des Gipsy Kings et de l'apparition des toutes premières GameBoy dans les cours des collèges. Apolline n'était pas aussi amoureuse de moi que je l'étais d'elle, cela, je l'ai ressenti très rapidement aussi. Tout aussi rapidement que j'ai compris qu'on restait amoureux même lorsqu'on était mal aimé en retour, que l'amour n'avait rien à voir avec la raison, bien au contraire. Très vite, donc, elle s'est mise à bouder pour un oui ou pour un non, à me parler aussi sèchement qu'à un petit mari et à régulièrement s'arranger pour que l'on se voie dans des moments où il était impossible que nous fassions l'amour, moi qui en crevais d'envie. Et plus elle me battait froid, plus je souffrais, plus je m'accrochais en lui faisant des cadeaux que j'allais lui remettre à vélo dans la boîte aux lettres de son père en pleine nuit, à l'autre bout de Paris, et en lui écrivant des lettres-fleuves d'amour qu'elle ne prenait même pas la peine de lire. Jusqu'au jour où, pour parachever ce si classique scénario, lassée par tant de servilité et de disponibilité de ma part, elle a couché avec Mathieu, l'un de mes meilleurs amis.

Tandis que j'identifiais l'emplacement exact où, un mardi gras, plus de vingt ans auparavant, Apolline était venue m'attendre à la sortie de mes cours et que je l'avais retrouvée furax de s'être fait tacher de farine et d'œufs crus sa veste autrichienne toute neuve par un groupe de plaisantins qui était passé par là, tandis que je me demandais si, d'ici vingt ans, tous les moments que nous avions vécus ensemble avec Clément me paraîtraient tout aussi intangibles que celui-là, Ghislaine est entrée dans le café, plus grande que dans mon souvenir, et surtout plus charnelle avec sa robe d'été ajustée et ses fines sandalettes de cuir. J'ai aussitôt levé les yeux vers son visage pour ne pas lui laisser penser que je m'attardais à supposer la forme de ses cuisses et de ses seins sous le tissu. Le bord de ses paupières avait été souligné d'un trait de crayon noir, et quelque chose dans l'ostentation gênée avec laquelle elle a soutenu mon regard me disait que cela venait fraîchement d'être réalisé à mon intention. «Si je vous ai proposé qu'on se rencontre», j'ai dit d'emblée afin de prévenir tout risque d'embarras réciproque, «c'est parce que, depuis la mort de mon fils, étrangement, il n'y a que lorsque je pense à vous que ça va un peu mieux». «N'y voyez pas une déclaration déguisée, s'il vous plaît», j'ai rajouté, ressentant une certaine jubilation à m'exprimer sans retenue, presque avec provocation. Séduite, elle a souri en découvrant une dentition très régulière et très blanche, d'un air à la fois détendu et pudique qui m'a fait penser, sans aucune justification possible : «Ce sont les femmes noires qui sourient comme ça.»

Elle travaillait comme réceptionniste dans un laboratoire d'analyses médicales de la rue du Montparnasse, la vente des bijoux qu'elle concevait et fabriquait à partir de fibres et de perles naturelles ne lui permettant pas de vivre. «C'est de vous, ça?» je l'ai interrompue en désignant à son cou un épais collier dans les tons corail et chanvre qui m'inspirait platement le mot *ethnique*. Elle a approuvé de la tête en portant pudiquement à son décolleté une main aux longs doigts fins et sûrs. Cela m'a paru soudain un peu incongru, de me retrouver ainsi, sans motif particulier, en tête à tête avec une personne qui échappait en tout point à mes codes habituels, et si peu assortie à ce quartier plutôt cossu et froid de Paris. Aucune des femmes que j'avais connues jusque-là n'aurait pu arborer un tel collier, ou s'entourer de la sorte les cheveux d'un large bandeau orange vif avec autant d'aisance et de naturel, sans donner l'impression à chaque seconde de faire acte d'audace. J'ai bu une gorgée de Perrier et j'ai reposé mon verre sur la table en prenant une longue inspiration : « Et votre fils, comment s'appelle-t-il ? » j'ai demandé tandis que, dans mon larynx, le mot fils accrochait comme une lame de rasoir. Elle a cessé de sourire tout en m'adressant un regard qui marchait sur des œufs : « Walter Lee. » « Pardon ? » « *Walter*, et, plus loin, *Lee*, comme Bruce Lee. Mais on l'appelle Walter. » Elle avait prononcé *Ouolteuw*, puis *Lii*, avec l'accent. « Vous êtes américaine ? » j'ai demandé. Elle a secoué la tête en esquissant un nouveau sourire : « Non, non, pas du tout. C'est le nom d'un héros de film. » Là encore, mon premier réflexe fut, stupidement, de penser que, par crainte du ridicule, personne dans mon entourage ne se serait risqué à prénommer son enfant Walter Lee sans qu'une ascendance familiale anglo-saxonne le justifiât. Ni, en règle générale, à prononcer des mots anglais avec l'accent si l'on n'était pas soi-même anglais ou américain. En vertu de quel préjugé cela me choquait-il moins de la part d'une fille noire que blanche ? Je ne sais pas. Quant au nom Walter Lee, il faut avouer que je ne m'étais moi-même, depuis le jour de sa naissance jusqu'à sa mort, jamais vraiment fait à celui de mon propre fils. Car, non content de n'avoir pas eu le courage de dire à Hélène que je ne souhaitais pour rien au monde avoir un enfant lorsqu'elle est tombée enceinte, je n'ai pas eu le cœur, lorsqu'il s'est agi de chercher un prénom de garçon après l'échographie du cinquième mois, de lui avouer que je trouvais tristement daté celui de son grand-père maternel auquel elle tenait tant, moi qui n'avais jamais éprouvé d'attachement suffisant pour aucun de mes deux grands-pères, pas davantage qu'à ma généalogie dans son ensemble, pour comprendre un tel désir. Clément lui-même n'aura cessé de me le reprocher, d'ailleurs : «Pourquoi tu as laissé maman m'appeler comme ça?» il me disait parfois d'un ton qui allait au-delà du simple reproche, d'un ton qui, mû par un instinct déjà sûr à mon endroit, me demandait surtout pourquoi est-ce que c'était toujours la volonté des femmes qui gouvernait ma vie, et si c'est sur un mode identique que, plus tard, il devrait lui-même envisager la sienne. «C'est horrible, *Clément*, je déteste», il me disait. «Ça me fait penser à un nez qui coule, à un rhume, à un mouchoir sale, à l'hiver.» Dire à quoi l'assonance de tel ou tel mot nous faisait penser, c'était notre jeu préféré depuis toujours, avec Clément, aussi impérissable que les films de Peter Sellers et de Louis de Funès. L'adjectif *grincheux*? Des tiges de paille que l'on mâche en pleurnichant. *Terrible*? Une tablette de comprimés d'aspirine. *Gentil*? Une main lissant en arrière quelques cheveux sur un crâne pâle et dégarni. Et rien ne donnait à mon existence autant de sens que le puissant sentiment d'identification absolue à mon fils qui me submergeait chaque fois qu'un mot nous évoquait, à l'un comme à l'autre, exactement la même image.

J'ai rejeté ma tête en arrière en inspirant profondément, pinçant mes lèvres l'une contre l'autre afin de faire refluer une nouvelle montée de larmes. Je suis resté le nez en l'air quelques secondes, le temps que ça redescende, puis j'ai ramené mes yeux embués droit dans ceux de Ghislaine. «Et Walter, alors? Il lui ressemble, au héros de ce film?» j'ai repris avec un enthousiasme qui sonnait faux comme tout. Un air de compassion impuissante sur le visage, elle a de nouveau hésité, puis souri avec prudence : «Ça, c'est l'avenir qui nous le dira.» Walter Lee, c'était Sydney Poitier dans *A Raisin in the Sun*, un film dont je n'avais jamais entendu parler et dont j'ai dû lui demander de m'épeler le titre tant sa prononciation était parfaite. Elle a dû, également, me préciser que *raisin*, en anglais, n'équivalait pas à *grapes*, mais signifiait *raisin sec*. Dans ce film, Sydney Poitier, un chauffeur de limousine loser et porté sur l'alcool, devenait un homme, un vrai, à la faveur d'un coup dur subi par sa famille : la perte brutale, par sa faute, des dix mille dollars d'une assurance-décès laissés en héritage par son père. Vers la fin du film, donc, après de nombreuses péripéties, Sydney Poitier décide qu'il ne se courbera plus devant rien désormais : ni l'argent, ni le système... Ghislaine s'est interrompue un instant, le temps de battre des cils : «... ni les Blancs.» Puis, comme pour compenser l'affront que je pouvais concevoir de sa phrase, elle a souri comme une excuse : «Ça compte, quand on est un peu militante.»

«Tu parles de la pluie et du beau temps avec cette fille», je me suis mis tout à coup à penser, «Tu fais exactement ce qu'on dit qu'il faut faire dans ces cas-là, lorsqu'on n'a plus rien à attendre de rien : *Tu vas de l'avant*», réalisant que c'était la première fois, depuis la mort de Clément, que je me forçais à parler d'autre chose que de la mort de Clément. «Ah, d'accord», j'ai formulé pour toute réponse, renonçant à me risquer sur le terrain racial et identitaire, sujet sur lequel je n'avais, de toute façon, aucun avis. Née en Martinique, elle avait été élevée en France. Et même si elle nourrissait bien des griefs à l'égard de son île, elle avait à cœur, vivant en Métropole, de rester vigilante face à tous les impairs blessants que, même involontairement, même avec la meilleure volonté du monde, on ne cessait jamais tout à fait, dans les pays blancs, de commettre sur la question de la couleur de peau. Tandis qu'elle parlait, mes yeux restaient aimantés par ses lèvres brunes, copieuses, et qui, à la façon d'un obturateur, laissaient par à-coups entrevoir le parfait alignement de ses dents. «La Martinique», j'ai dit sans trop réfléchir, «ça m'a toujours fait penser au tintement de deux verres à pied qu'on entrechoque. Ou bien à cette façon qu'on a de tanguer lorsqu'on est gaiement ivre. Ce doit être le *ique* final qui me donne cette impression». Elle m'a regardé avec l'étonnement calme de ceux qui ne se scandalisent jamais de rien, voire considèrent favorablement chez les autres toute manifestation de singularité. J'ai commencé à lui expliquer, en m'essayant à un ton aussi dégagé que possible, le coup des mots dont on se décrivait la forme ou l'idée qu'ils nous inspiraient, avec Clément. Puis, comme le feu qui couve toujours sous la cendre, la montagne s'est à nouveau soulevée d'un seul coup dans mon ventre et dans ma poitrine. «Pardonnez-moi», j'ai réussi à caser entre deux spasmes, «Pardonnez-moi, je n'y arrive pas. J'ai cru que je pouvais y arriver, c'est pour cela que je vous ai appelée, mais je n'y arrive pas. C'est trop lourd, je suis désolé.» «Ne vous excusez surtout pas, je comprends très bien, c'est tout à fait normal», elle s'est douloureusement attendrie en posant sur mon avant-bras une main secourable qui, m'a-t-il semblé, se voulait trop prudente pour ne pas laisser supposer davantage. J'ai à nouveau inspiré à fond pour garrotter le flux des sanglots, puis, tandis qu'elle retirait sa main, j'y ai posé spontanément le bout de mes doigts. Le même tressaillement sourd nous a aussitôt saisis l'un et l'autre. Ces deux secondes de fourmillement confus et incandescent des sens, toujours les mêmes, pleines de vaines promesses mais intactes comme la première fois. Pendant quelques instants supplémentaires, elle s'est prêtée en silence au délicat va-et-vient de mon index sur le dos de sa main, juste le temps de me suggérer que mon initiative n'avait pas été vaine. Puis elle s'y est doucement soustraite pour reprendre contenance sur l'anse de sa tasse de thé, qu'elle a portée à ses lèvres en baissant des yeux pensifs dans lesquels on pouvait sans peine lire qu'elle se demandait quel sens donner à tout cela, voire une méfiance rétroactive à mon égard. Après un sourire qui lui signifiait que mon geste n'avait rien d'irraisonné mais qu'on pourrait tout aussi bien s'en tenir là si elle le désirait, je lui ai demandé si elle avait quelqu'un dans sa vie.

Non. Enfin, rien de vraiment sérieux. Et le père de Walter Lee ? Il l'avait quittée alors que Walter était encore bébé. Parti s'installer en Hollande pour tenter de vivre là-bas de sa musique, il ne donnait que très rarement des nouvelles. Non qu'il fût particulièrement dépourvu de cœur. Il n'était pas capable de s'occuper d'un enfant, c'était ainsi, c'était son caractère. Et Walter lui-même l'avait compris assez rapidement, qui ne songeait même plus à lui en vouloir et qui ne semblait pas, à bientôt treize ans, plus perturbé que cela par son absence.

« Les enfants de divorcés souffrent proportion-nellement à l'intensité de l'amour que se sont porté leurs parents », ai-je pensé tandis que Ghislaine enchaînait tout naturellement en me disant que ce n'était pas toujours facile pour elle de se débrouiller seule, de toujours avoir à prendre seule les décisions. Qu'elle ne pouvait pas, à la fois, jouer le rôle de la maman et celui du papa. « Ou plutôt », j'ai reformulé dans ma tête, « ou plutôt, moins un parent divorcé cherche à cacher sa propre souffrance à son enfant, mieux l'enfant en question s'en portera parce que les choses seront claires.» Car, de la même façon qu'en renonçant au poste de Bucarest par crainte de déstabiliser Clément j'avais nourri une frustration qui s'avérerait un jour ou l'autre préjudiciable à notre relation, de la même façon, donc, j'avais plongé Clément dans la confusion en lui dissimulant que je souffrais comme une bête d'avoir été quitté par sa mère. Au cours des mois qui avaient précédé notre séparation, je vérifiais obsessionnellement que Clément ne se trouvait pas à proximité lorsque nous nous disputions, avec Hélène. «On ne peut pas passer notre temps à inspecter au préalable les lieux chaque fois qu'on a une affaire à régler», s'agaçait-elle, qui, non contente de régulièrement découcher et d'exiger que nous fassions désormais chambre à part, ne cherchait pas non plus à me ménager. «Il y a sur terre des millions d'enfants qui entendent leurs parents s'engueuler à cette seconde précise», s'obstinait-elle. «Du moment qu'on reste dans les limites raisonnables du respect mutuel et qu'on ne se tape pas dessus, je ne vois pas où est le problème. Ce qui est ridicule, c'est de ne pas vouloir faire de vagues.» Je souffrais trop, alors, pour me rendre compte que c'est précisément cela qui l'avait amenée, au terme de tant d'années de vie commune, à la décider à partir : ma hantise de faire *des vagues*, justement, cette peur panique de l'épanchement, ce culte de l'austérité et du sourire en coin qui étaient les miens et qui, au bout du compte, avaient fini par me transformer en bonnet de nuit. «Aller danser? Mais pour quoi faire? On n'est pas mieux, à bouquiner tranquilles à la maison?» «T'offrir des fleurs? Mais pourquoi voudrais-tu, après six ans de mariage, que je continue à t'offrir des fleurs?» «Remarque, j'ironisais, je peux le faire, hein. Je pourrais très bien jouer la comédie du type romantique et amoureux comme au premier jour, c'est sûr, c'est pas compliqué. Mais tu ne penses pas qu'il est plus sain que je reste moi-même, au lieu de me forcer à me faire passer pour ce que je ne suis pas? Tu as vraiment besoin de ça pour comprendre que je t'aime?»

Ghislaine, qui avait dû me sentir décrocher, s'était interrompue. À présent, elle caressait machinalement de ses doigts le flanc de sa tasse en regardant la table. «Oh, pardon», j'ai fait, regrettant mon impolitesse. À quoi elle a relevé la tête et répondu d'un simple signe de la main que ce n'était pas grave. «Si si, j'ai dit en saisissant mon verre à mon tour, *pardon*. J'insiste.» J'ai avalé une nouvelle gorgée tiède et âcre de Perrier en me demandant pourquoi, chaque fois que je me trouvais dans un café, je m'obstinais à commander un Perrier alors que je n'aimais pas ça. «Ne mettez pas cette négligence sur le compte de la mort de mon fils. J'écoute mal les autres en général.» Sans la regarder en face, j'ai senti une expression d'étonnement passer sur le visage de Ghislaine. «J'essaye, j'ai poursuivi, je fais de gros efforts pour donner l'impression que j'écoute naturellement. Mais c'est plus fort que moi : au bout d'un moment, je pense à autre chose.» Elle approuvait lentement de la tête en me regardant droit dans les yeux, comme pour m'inciter à continuer. «Là, par exemple, j'ai écouté le début de ce que vous m'avez dit. Mais, très vite, ça m'a ramené à des choses qui me concernent moi tout seul. Je me suis demandé comment votre fils pouvait vivre normalement sans père, j'ai rapproché votre histoire de ma relation avec mon propre fils en me disant que jamais je n'aurais pu vivre loin de Clément. Et puis, tout un tas de souvenirs sont remontés à la surface, je ne vous écoutais plus.» «C'est plutôt normal, ça», elle a souri avec son indéfectible indulgence. Avant d'ajouter : «J'ai bien peur que ce soit le cas de la plupart des gens. Sauf que vous, vous avez l'honnêteté de l'avouer.» J'ai rejeté le compliment d'un froncement de sourcils. «De même que je fais des efforts démesurés pour donner aux autres le sentiment que je les écoute, j'ai dit, je fais des efforts démesurés pour essayer de prendre part simplement aux choses de la vie en général.» Elle plissait les yeux d'un air interrogateur. «Ce que je veux dire, c'est que je ne suis pas drôle. Je n'aime pas m'amuser, je n'aime pas sortir, célébrer les anniversaires, réveillonner, aller danser, faire la fête, tout ça. À chaque fois, je me force. Je me force pour tout, d'ailleurs. Il n'y a que lorsque je m'occupais de mon fils que j'avais le sentiment de ne pas me forcer, moi qui m'étais toujours cru incapable de m'émouvoir *vraiment*.» Elle continuait de sourire, comme si

l'énumération aussi directe de défauts aussi réd-
hibitoires cachait en réalité une profonde honnêteté et une profonde générosité. «Même aimer
une femme pour de bon, au fond, en dépit des
apparences, je crois que j'en suis tout à fait incapable. Je crois aimer, puis je me lasse, mais sans
avoir le courage de partir. Rien ne me touche
durablement. Je n'ai pas assez d'*être* pour cela.
Je suis sec.» Ghislaine hochait toujours lentement
la tête en signe d'approbation, mais l'orange vif
du bandeau dont elle avait entouré ses cheveux,
la touche de crayon noir sous ses paupières, son
collier de lin et de raphia, ses dents éclatantes :
tout en elle paraissait me contredire. Comme je
n'avais rien à ajouter pour ma défense, elle a tout
à fait cessé de sourire puis a porté la tasse à ses
lèvres. «Ah. En effet», elle a prononcé avec une
sèche désinvolture avant de détourner son regard
et vider d'un trait le reste de son thé.

Chaque fois que le nom d'Hélène s'affichait
sur le cadran de mon téléphone, quelque chose
en moi se contractait qui me rappelait que, jusqu'à ma mort, je n'en aurais jamais tout à fait
fini avec notre histoire. «Est-ce que tu étais au
courant, pour le Facebook de Clément?» elle
m'a demandé d'une voix exsangue mais néanmoins déterminée à ne pas flancher en ma présence. «Facebook?» Évidemment non, je n'étais
pas au courant. De Facebook, d'abord, je ne
connaissais à peu près que le mot. Contrairement

à la plupart des gens de ma génération, je n'avais pas eu la curiosité de m'y inscrire dans le seul but d'éviter de devenir trop vite un vieux con, préférant m'en tenir avec Facebook, comme avec les MSN, MySpace et autre Twitter, aux mêmes préjugés que je nourrissais vis-à-vis du rap, des émissions de téléréalité et des baggies portés pas comme il faut.

Hélène m'a précisé que c'était Alexandre, son neveu, qui l'avait alertée : il y avait sur le « mur » Facebook de Clément des vidéos qui pouvaient expliquer l'accident. « Clément ne t'a jamais parlé des films au portable qu'il échangeait avec ses copains ? » Pour voir, je n'avais qu'à me rendre sur la page d'accueil de Facebook, rentrer l'adresse e-mail complète de Clément, puis son mot de passe. C'est Alexandre qui le lui avait donné : *Ariana*. « Il ne t'en a jamais parlé non plus, de cette Ariana ? »

Au terme d'une trop brève conversation où rien, dans les mots et le ton d'Hélène, n'aura voulu admettre que le même ciel s'était effondré sur notre tête à tous les deux, j'ai allumé mon ordinateur portable, le cœur battant d'appréhension, et je me suis rendu sur le site. J'ai ressenti un choc en voyant apparaître dans la rubrique « Profil » une photo de Clément que je ne connaissais pas. Le grain grossier du cliché, son regard légèrement décalé par rapport à l'objectif, la bibliothèque du salon qu'on pouvait apercevoir à l'arrière-plan de l'image : tout indiquait que c'est avec la webcam de mon ordinateur, depuis mon bureau, qu'il avait réalisé cet autoportrait. Sur la plupart des photos que je connaissais de lui, Clément souriait. En général, parce que la personne qui tenait l'appareil (moi, sa mère, mon père, les photographes scolaires) le lui demandait. Un sourire forcé mais qui disait néanmoins toute sa bonne volonté à s'exécuter, et toute sa profonde gentillesse. Car, en dépit de ses mouvements d'humeur qui se multipliaient à mesure qu'il rentrait dans l'adolescence, en dépit du museau qu'il tirait chaque fois que je lui ordonnais d'aller repasser une leçon médiocrement apprise ou de remonter son jean sur ses hanches comme tout le monde (un museau que je contrecarrais de cris et de menaces qui allaient s'intensifiant eux aussi à mesure que je sentais leur effet s'amoindrir avec le temps, exactement comme un virus mute progressivement sous l'effet des vaccins jusqu'à les rendre tout à fait inopérants), en dépit donc de la gueule qu'il me tirait de plus en plus effrontément, en dépit de cela Clément était un garçon profondément gentil et inoffensif. Et les rares fois qu'il prenait le parti de ne pas se forcer à sourire sur une photo (généralement lorsque j'y figurais aussi), au pire son visage exprimait-il une bouderie de principe, l'un de ces accès sans conséquence de rébellion qu'on s'autorise uniquement en famille parce qu'on est trop poli, trop gentil et trop inoffensif pour oser les exprimer devant des inconnus.

Sur cette photo prise et intégrée par ses soins dans le profil de sa page Facebook, Clément ne souriait pas. Non pas à la façon d'un enfant trop poli de douze ans qui disposerait ainsi du seul moyen de dire « merde » à son père, mais comme un garçon simplement soucieux d'être pris au sérieux par ses camarades. Puisque n'y ayant jamais été « invité », je n'étais pas supposé connaître l'existence de cette page. Sans doute avait-il pensé qu'en baissant la tête tout en gardant les mâchoires serrées et les yeux braqués droit devant lui, avec sa chaîne en argent ostentatoirement sortie de son t-shirt, cette chaîne en argent qu'il m'avait réclamée pour son dernier anniversaire et que, dans un premier temps, j'avais juré que je ne lui offrirais pas : « C'est ça ! » j'avais méchamment ricané dans le salon, « Comme ça, avec ton jean sous tes fesses et ton rap, tu feras tout à fait racaille ! » Avant, méprisable chiffe molle que je suis, avant de finir par revenir sur ma décision, comme d'habitude, et de la lui acheter, sa chaîne, mais moins épaisse, moins « racaille », plus consensuelle que prévu, m'étant ainsi non seulement dédit aux yeux de Clément, mais l'ayant déçu en prime, incapable que je me suis montré, une fois de plus, de prendre des décisions tranchées : la grosse chaîne ou rien du tout. Sans doute, donc, avec sa chaîne trop mince de demi-racaille apparente par-dessus son t-shirt, avec son regard d'apprenti rap star qui tentait de fixer l'objectif de ma webcam droit dans les yeux, sans doute avait-il pensé qu'il paraîtrait plus viril et plus beau aux yeux de ses pairs : les Bacar, les Saïd, les Kevin, les Maria, les Rania et les Ariana.

Clément «Toxic Kougar» avait *137 amis*. Dans la rubrique *Sex*, il avait noté *Male*, dans *Birthday* : *6 mai 1997*, dans *Hometown* : *Paris 13 et Vincennes*, dans *Relationship Status* : *Single*, *Interested in* : *Women*. Ses *Political views* : *À mort Sarko*. Ses *Religious views* : *Musulman*. Ses *Pages* : *Bonbons langues de chat*, *Mafia K'1 Fry*, *Les Simpson*, *Lionel Messi*, *S'étaler dans son lit après une dure journée*. Il était *Member Of* : *Si toi aussi tu regardes ta montre toutes les 5 minutes en cours*, *1 euro pour la recherche contre le sida*, *On est amis sur Facebook mais on se dit pas bonjour quand on se croise*, *On a tous un prof qui s'habille pareil tous les jours*, *Si toi aussi durant ta scolarité tu auras entendu :* «*Vous êtes la pire des classes !*», *Je peux réunir 500 000 personnes qui détestent Tokio Hotel*, *Algérie et Tunisie en force à la CAN*, *Si toi aussi en cours tu fais n'importe quoi et chez toi t'es tout sage*.

Il m'a fallu quelques minutes pour comprendre que Facebook, cela consistait, pour un abonné de l'âge de Clément, à tenir ses contacts informés de l'ensemble de ses activités, lesquelles étaient liées principalement à l'utilisation d'options proposées par le site lui-même. En date du 23 juin, deux jours à peine avant sa mort, du temps que je n'envisageais pas qu'il mourrait d'une façon aussi imprévisible et brutale, du temps qu'un jour aussi banal que celui-là était encore destiné à demeurer éternellement banal dans la vie de Clément et dans la mienne, le 23 juin il avait écrit un message, un dernier, lequel, sans sa mort, serait resté tout aussi banal que ce jour-là : *Toxic Kougar c fé 1 kret. Toxic Kougar s'est fait une crête*, j'ai traduit après quelques nouvelles secondes de perplexité. «Pourquoi», lui avais-je un jour crié dans le salon en m'approchant subrepticement du cadran de son téléphone portable sur lequel il était en train de rédiger un texto qui ne me regardait pas, «Pourquoi te forcer à écrire de façon aussi stupide alors que ton orthographe est parfaite?». «C'est pour faire comme les autres, c'est ça?» j'avais ajouté avec un mauvais sourire, «C'est pour devenir aussi médiocre que tes copains?» Et, dans le même temps que je m'évertuais à lui démontrer que c'est en bradant ainsi leur langue que les peuples perdaient leur culture et leur identité, je réalisais que je ne réagissais pas autrement qu'en vieux con, et qu'il n'y avait rien de plus légitime, à douze ans à peine, que ne de pas s'inquiéter d'une prétendue décadence de l'identité française.

«C'est quoi, cette coiffure?» j'avais souri avec un faux détachement ce matin-là au petit déjeuner, juste avant l'école, un matin dont je n'avais pas songé à me dire, en me levant : «C'est le 23 juin 2009, Clément va mourir dans deux jours dans le métro. Désormais, chaque seconde que tu passeras en sa présence est aussi sacrée que tragique.» *C'est quoi, cette coiffure?* Agacé par la coquetterie de Clément, je m'étais contenté d'un sourire qui n'en pensait pas moins, un sourire qui disait en réalité : « Je ne supporte pas que tu passes chaque matin vingt minutes à te parfumer et t'enduire les cheveux de gel dans la salle de bains pour en sortir avec une coiffure qu'un type de mon âge ne peut faire autrement que trouver débile. » Puisque, comme le jean trop tombant et le rap, je n'avais plus désormais d'autorité sur Clément en matière de coupe de cheveux. « Tu sais que c'est David Beckham qui a lancé la mode, il y a dix ans ? » j'avais complété pour tenter de ne pas paraître trop dépassé ni trop vieux con, pour tenter d'humilier un peu Clément en lui prouvant que, même sur son propre terrain, je conservais une sorte de privilège d'antériorité. « Et puis, il y a deux ou trois ans, c'est cet abruti de Cristiano Ronaldo qui s'est mis à l'imiter », je n'ai pu m'empêcher d'ajouter sur un ton plus agressif pour le vexer, sachant très bien la fascination de Clément, comme tous les gamins footeux de son âge, pour l'attaquant portugais millionnaire Cristiano Ronaldo. Et davantage encore que sa crête ou son jean mal accroché, c'est sans doute le silence parfaitement dégagé de Clément qui m'a fait me sentir un vieux con ce matin-là. Ce matin parmi tant d'autres où, regardant mon fils plier tranquillement en deux sa tranche de pain de mie miellé dans son lait froid pour toute réponse à mes aigres provocations, je me suis fait l'effet d'un roquet à la grille aboyant au passage de piétons indifférents.

Juste en dessous, une Vanessa avait, dans une

rubrique intitulée *Petites questions entre amis*, proposé un débat sur le thème : *Penses-tu que Clément fait toujours des blagues à la con ?* Suivaient deux cases à cocher au choix : *Oui* et *Non*, ainsi qu'une invitation à consulter le résultat des votes des différents participants. Un peu plus bas, un message généré automatiquement par Facebook : *Clément a changé la photo de son profil*, assorti d'un commentaire de Hugo : *arèt de prendre des fotos la, t encore plus mausch ken vray !* Plus bas encore, un autre groupe de discussion : *Clément pue til de la gueule le matin en arrivant au collège ? Oui* ou *Non*. Les inflations verbales en tous genres propres à l'adolescence mises à part, toutes ces potacheries m'ont paru sur le coup d'une violence et d'une méchanceté inouïes à l'endroit de Clément. « *Clasher, basher, tacler* : il n'y a que ça qui compte pour toi et pour tes copains, aujourd'hui ? Et puis d'abord, tu ne peux pas essayer de trouver des mots français pour exprimer la même chose ? » je lui avais crié sur un ton de vieux réactionnaire un soir que, ses devoirs terminés, ayant dressé la table pour le dîner, s'étant douché, mis en pyjama puis assis devant la télé au salon pour regarder tranquillement une émission populaire de divertissement en attendant de passer à table, il s'était écrié, hilare, à propos de je ne sais plus qui : « Oh là là ! Comment il a *clashé* Zemmour, lui ! » Et moi de saisir d'autorité la télécommande, de couper l'image sur-le-champ et, un quart d'heure durant, de lui gâcher son émission et sa tranquillité en lui rebattant les oreilles à coup de complaintes de vieux con : notre civilisation d'animateurs aussi écervelés que sanguinaires, notre civilisation d'humiliation publique, de mise à mort en direct sur les plateaux de télévision, d'humanité qui fout le camp, de respect qui fout le camp, de caprice et d'insatisfaction chroniques, cette civilisation de l'enfant-roi et du tout-dû, de médiocrité et d'impudeur institutionnalisées, d'émotion prêt-à-porter, et j'en passe.

Plus bas, Clément avait mis en partage une vidéo du rappeur La Fouine intitulée *Krav Maga*. Un commentaire de Serguëi : *ptin y pu le clip ya ke la zik ki é bien*. Les battements de mon cœur ont accéléré à la publication suivante. Une Ariana, sans aucun doute la fameuse évoquée par Hélène et dont je pressentais que c'est à son nom que, de près ou de loin, était associée la tragédie de Clément, cette Ariana avait successivement répondu *Noooooooon* et *Pluto krevé* à deux *Friend interview* : *Trouves-tu Clément bogoss ?* et *Si Clément te demandait daller au cinéma avec lui, que répondrais-tu ?* Bien au-delà de ce rejet cruel, que j'encaissais comme s'il m'avait été personnellement signifié, j'étais anéanti.

Le 20 juin, la même Ariana, toujours, avait laissé un message à l'un des contacts du « Mur » de Clément : bacar94enforce. Lequel, en guise d'identification, avait choisi, plutôt qu'une photo, un profil de lion sur fond de drapeau tricolore vert-jaune-rouge, avec une étoile verte au milieu et le mot *Sénégal* écrit au-dessus dans une typo de graffiti. Le message d'Ariana : *Oué bof. Le bus, c trop facile. T pa kap avec un métro.* Mon cœur s'est instantanément pétrifié. J'étais tombé enfin, parmi toutes ces informations si triviales, sur celle que j'étais venu chercher tout en redoutant de la trouver. «Petite pute», j'ai pensé en détaillant, dans la vignette accompagnant le message, un portrait d'elle-même que cette Ariana avait assurément choisi avec grand soin : une morgue boudeuse de brunette enserrée dans un gros casque de DJ, et un index lascif pointant nonchalamment ses lèvres avancées en cul-de-poule, façon Rihanna, Vanessa Hudgens, Cassie ou je ne sais quelle starlette pour ados dont je n'avais seulement idée du nom. J'ai cliqué sur le lien faisant l'objet de ce commentaire, juste en dessous, et une fenêtre vidéo s'est ouverte. La mauvaise définition des images, les soubresauts du cadrage, le son saturé : tout indiquait un téléphone portable. Le plein jour, un décor urbain, quelques voyageurs en attente devant un abribus. Puis, s'immisçant au premier plan, le visage d'un garçon noir tenant manifestement lui-même le téléphone à bout de bras, probablement afin de restituer au spectateur le champ de vision le plus ouvert possible de la scène. «Chuis à l'arrêt Cimetière parisien, là. Il arrive, le bus», dit l'adolescent qui, tout en tournant la tête, oriente son appareil dans la perspective de la chaussée et zoome avec maladresse sur un autobus 183 à l'approche, à une centaine de mètres de là.

Défilement chaotique du trottoir : c'est le garçon qui s'est mis à marcher vers l'abribus. Il se positionne tant bien que mal dans l'axe de la caméra de son portable, dépasse les voyageurs et, tout à coup, alors que le bus a déjà commencé à ralentir, fait mine de s'élancer sur la chaussée, comme s'il voulait se jeter sous les roues du véhicule. Le bus pile, exactement de la même façon qu'il avait pilé devant Clément lorsqu'il avait cinq ans, rue des Pyrénées. Le garçon, lui, s'est rétracté à la toute dernière seconde. Exclamations des voyageurs autour de l'abribus, dont un insolite «Ah, couillon!». Sur fond de réprimandes qui lui sont destinées, le garçon s'enfuit en courant. Nouveau défilement du trottoir. Au bout de quelques secondes, hors de portée des insultes, il réintègre l'image en gros plan. Malgré son souffle court, il sourit et s'adresse à la caméra façon bande-annonce de superproduction : «Bacar en direct du neuf-quatre. Le défi est lancé. Qui osera le relever?»

Chaque matin au réveil, le temps que je me souvienne que mon fils était mort était de l'ordre de ces dixièmes de seconde que le cerveau met à traduire en douleur effective, mettons, une brusque entaille au couteau dans l'index. Avec trois comprimés de Donormyl avalés la veille, je pouvais étendre cette latence à des secondes entières. Et, une fois bien certain que je ne reverrais jamais Clément, le désespoir se trouvait encore amorti par les brumes médicamenteuses en suspension dans mon cerveau.

On n'oublie jamais mais on vit avec. Subsistant d'un mauvais rêve dont je ne me rappelais rien du contenu, la formule résonnait encore dans ma tête, plus banale, moins énigmatique qu'elle ne le paraissait pendant le sommeil. Je m'étais endormi dans le lit de Clément, ce futon premier prix acheté un beau jour dans l'urgence de mon déménagement, au moment de la séparation d'avec Hélène. Ce matelas 90 × 190 pour jeune homme seul acheté *en attendant*, en attendant de le remplacer par un vrai lit un peu plus tard, lorsque j'emménagerais dans un appartement plus grand, meublé comme il faut, avec une pièce supplémentaire pour y mettre un bureau digne de ce nom et entreposer enfin mes centaines de livres encartonnés à la cave. Ce matelas élémentaire qui, tout comme l'appartement plus grand, incapable de volonté que je me suis toujours montré, tout comme le coffret de magicien offert par Anne à Clément pour ses neuf ans et qui continuait de s'empoussiérer parmi ses étagères en attendant une hypothétique démonstration devant public, tout comme les murs de la chambre de Clément que j'avais négligé de repeindre dans des tons plus chaleureux, plus assortis à son enfance, tout comme l'ampoule de sa lanterne magique que j'avais négligé de remplacer, tout comme Clément lui-même que j'avais négligé de prendre davantage en photo, auquel je n'avais acheté, comme le futon, que des vêtements premier prix en lui disant : «Les marques, tu te les achèteras plus tard avec l'argent que tu auras toi-même gagné», ce matelas perpétuellement provisoire qui, comme tout le reste, comme le seul fait de se réveiller chaque matin en évitant de trop se demander dans quel but, n'aura servi qu'à préfigurer des lendemains tout aussi inertes que le temps des promesses.

Trois comprimés de Donormyl dans le sang, je m'étais endormi la veille dans le lit de Clément, sans m'être complètement déshabillé ni brossé les dents, les joues salées de larmes sèches. Ce matelas dont je n'avais toujours pas changé les draps depuis sa mort, retrouvant dans les replis de l'oreiller l'odeur de ses cheveux dont je savais qu'elle redevenait aussi la mienne après quelques jours sans shampoing. Ces draps dont je ne pouvais m'empêcher de me demander, chaque fois que je les ôtais du matelas pour les enfourner dans la machine à laver, si Clément se masturbait dedans le soir, avant de s'endormir. À moins que ce ne fût dans la salle de bains, le matin, lorsque, irrité par son isolement prolongé, je ne pouvais, sadiquement, m'empêcher d'aller tambouriner sur la porte qu'il avait fermée à clé, en lui criant de se dépêcher pour ne pas arriver en retard à l'école. Moi qui, au même âge, traînais tout aussi longtemps le matin dans la salle de bains que je prenais tout autant soin de fermer à clé, pour constater dans l'angoisse que mon pubis était resté tout aussi glabre que la veille, avant de tripoter face au miroir mon appendice dérisoirement durci dans l'attente confuse d'un paroxysme auquel je ne savais pas encore atteindre, moi dont le père, au cours du week-end sur deux et de la moitié des vacances scolaires qui lui incombaient, moi dont le père tambourinait de la même façon à la porte de la salle de bains de son appartement lorsque je m'y enfermais, exprimant trente ans plus tôt que moi le même embarras que le mien face au désir balbutiant de son fils.

Je me suis lourdement extirpé de sous la couette de Clément, un couchage premier prix aux dimensions trop justes encore imprégné de ses odeurs corporelles de garçon prépubère, pour poser sur la moquette un pied qui, dans les brumes tenaces du Donormyl, m'a instinctivement inspiré une autre formule : *C'est un pied sans espoir.* Indifférent à mon haleine infecte et à ma chemise de ville toute froissée, j'ai posé l'autre pied en évitant d'écraser au passage le cahier de culture latine de Clément que j'avais regardé, puis laissé ouvert par terre la veille au moment de m'endormir. Les angles en étaient pourtant largement écornés, comme sur la plupart des cahiers de classe de Clément, qu'il tassait depuis quelque temps dans un sac à dos trop court mais qui lui donnait plus fière allure, en cinquième, que les gros cartables carrés et rigides dont étaient affublés les dociles sixièmes. Ces cahiers si mal entretenus, qui m'avaient amené à mille reprises, lorsque inopinément je mettais mon nez dans ses affaires, comme un flic, à le menacer en criant de tout jeter à la poubelle s'il ne se décidait pas une bonne fois pour toutes à prendre soin de ses fournitures scolaires, à recopier comme il faut les cours des professeurs et à recouvrir de protège-cahiers neufs les rabats. Ces cahiers qui pouvaient provoquer chez moi des montées de colère que personne d'autre que Clément ne pouvait susciter. Qui, comme les miettes que Clément faisait tomber par terre en mangeant ou la véritable mare qu'il laissait sur le sol de la salle de bains après un passage à la douche, réveillaient ce je-ne-sais-quoi de haine et de folie au fond de moi, ces cahiers, eh bien j'aurais à présent volontiers subi le supplice de la chaîne, de la roue, l'écartèlement, le pal ou la gégène pour regarder Clément les fourrer à la va-vite dans son sac et partir pour l'école, avec les fils des écouteurs de son iPod Shuffle emmêlés dans les cordelettes de son sweat-shirt à capuche. Je l'aurais fait redoubler cent fois, j'aurais signé des milliers d'avertissements sur son carnet de correspondance, je l'aurais livré à tous les conseils de discipline du monde pour, de nouveau, comme d'habitude, me forcer à lui faire réciter ses leçons, rien que pour paraître à ses yeux un père attentif et responsable, histoire de ne pas avoir à me reprocher moi-même de ne pas m'occuper de lui comme il faut.

Je me suis baissé pour ramasser le cahier. La veille, mes larmes en tombant sur l'encre avaient, comme au cinéma, délayé quelques mots. J'ai relu au hasard : *Le phénix est un oiseau fabuleux, avec une incroyable longévité. Il est d'abord apparu en Égypte ancienne, à Héliopolis, pour finalement gagner tout l'Occident.* Sans prévenir, la montagne s'est à nouveau soulevée dans ma poitrine pour sortir aussitôt par ma gorge, mes yeux et mes narines. Rien ne me paraissait plus tragique et sans issue que le contraste entre ces adjectifs convaincus, dictés par le professeur, et la résignation sans joie, indifférente, de Clément à les retranscrire aussi gauchement que docilement dans ce cahier de latin, dont je lui avais crié mille fois de faire l'effort de prendre soin : «C'est extrêmement important, le latin», je lui serinais de mon un air moralisant. «Tu verras, ça t'aidera pour plus tard, ça t'aidera à mieux connaître les structures du français», je lui récitais par cœur, index levé, avec le même ton sur lequel, petit, les adultes de ma famille petite-bourgeoise me l'avaient à moi conformistement récité. Et, tout aussi conformistement, je criais parfois à Clément : «Tu ferais mieux de prendre un vrai livre, au lieu de lire des BD», «Tu ferais mieux d'aller faire un tour dans un musée, au lieu de rester planté devant la télé», «Va t'aérer, plutôt que de t'abrutir avec ta PlayStation». Moi qu'au même âge il fallait tout autant forcer à lire, qu'il fallait traîner comme un boulet au musée ou pour une balade en forêt certains dimanches.

J'ai refermé le cahier et l'ai lâché sur le lit de Clément avec la certitude absolue que je n'y arriverais jamais. Que ma mort, à laquelle j'avais, du vivant de Clément, cru m'être déjà préparé en ne me considérant dupe d'aucune promesse, d'aucune convoitise, devenait à présent une perspective immédiate, aussi concrète et inéluctable qu'un bac à passer ou qu'un rendez-vous pris pour un entretien d'embauche. Que c'était une question de jours, ou de semaines.

« Ça sert à quoi, de faire des enfants ? » Nous nous étions posé la question en plaisantant, avec Anne. C'était à Noël, au parc Montsouris, où nous avions coutume de nous retrouver pour des goûters en famille, sans son mari, à chacun de ses retours en France à l'occasion des grandes vacances scolaires de l'hémisphère Sud. Elle arrivait bronzée, couverte des mêmes vêtements chauds provisoires qu'elle revêtait d'une année sur l'autre, à la fois parisienne et d'ailleurs, avec ce déphasage propre aux Français expatriés que les petites vicissitudes sociales et politiques de la Métropole ne concernent plus depuis longtemps. Lucas, son fils aîné, neuf ans, venait de terminer son année en fracturant le poignet d'un camarade à la récréation, ce qui avait valu à Anne d'être convoquée à l'école et d'y être informée des comportements parfois agressifs de Lucas. « Tu t'enquiquines à le porter neuf mois », elle avait feint de se plaindre tandis que, à une vingtaine de mètres de notre banc, l'enfant jonglait avec un ballon de foot sous le regard martial de Clément, « tu t'abstiens sagement de boire et de faire du sport, la peau de ton ventre se distend, tu marches comme un morse, tu prends

20 000 volts dans l'utérus à l'accouchement», elle égrenait de son élocution limpide, «tout ça pour t'entendre dire neuf ans plus tard qu'en fait, c'est un Jean-Claude Van Damme que tu as pondu». Quant à Zoë, bientôt quatre ans, aux prises avec une gaufre à la chantilly sur le banc voisin, elle continuait de se réveiller au moins deux fois par nuit, ce qui avait fini par rendre Anne insomniaque : «Regarde mes cernes, regarde ma peau : tu as vu le coup de vieux que je me paye?» J'ai renchéri non sans ostentation en évoquant mes appréhensions de père d'adolescent : le mauvais premier trimestre de Clément à l'école, ses fréquentations douteuses, son peu d'intérêt pour les livres, ses obsessions matérialistes, la PlayStation et les refrains crétins dans son iPod.

Ainsi, pendant dix minutes, nous sommes-nous payé, ma sœur et moi, le luxe d'une sorte de crise extravagante de lucidité, jusqu'à remettre en cause l'existence de nos enfants : «À quoi cela peut-il bien servir de les mettre au monde si c'est pour vivre dans la perpétuelle angoisse qu'il leur arrive quelque chose ou qu'ils soient malheureux?» «Et puis on la connaît, la suite, hein : dès quinze ans, ils cherchent à te couillonner sans scrupules, comme tout le monde. Et toi, tu leur pardonnes parce que ce sont tes enfants. Parce qu'il ne viendrait à l'idée d'aucun parent sur cette terre d'admettre que ses propres enfants sont des étrangers comme les autres.» «Pourquoi n'a-t-on pas eu la sagesse de n'avoir à nous occuper que de nous-mêmes?» On a rivalisé de banalités de ce genre pendant dix bonnes minutes sur ce banc. Une coquetterie de parents en rébellion, pour nous défouler un peu. Pour jouer à nous faire croire l'un à l'autre que nous garderions toujours la tête froide, que nous ne deviendrions jamais des parents aussi fats et convertis, aussi stupidement confortés dans leur bon droit de parents que les autres. Juste parce que nos enfants respectifs étaient là, en face de nous, indubitablement vivants sous nos yeux, qui à se renvoyer le ballon avec leurs anoraks roulés en boule sur la pelouse gelée en guise de poteaux de but, qui à tenter de mordre dans sa gaufre trop chaude tout en évitant d'avaler au passage un bout de la serviette en papier. Et qu'il ne pourrait plus jamais en être autrement.

Ça m'a fait un drôle d'effet, la jaguar d'occasion de mon père stationnée en double file au bas de mon immeuble. Ayant oublié qu'il possédait une nouvelle voiture depuis le mois de mai, j'ai attendu quelques secondes sur le trottoir, le regard dans le vague. Et ce n'est qu'aux deux coups de klaxon qu'il a immédiatement donnés à mon intention, juste devant moi, que je me suis souvenu. Je me suis avancé, il a ouvert sa portière. Puis, de son pas nerveux des jours de grand départ, ses fines lunettes de vue relevées sur le front à la manière d'un vieux rédacteur en chef humaniste, il a fait le tour du véhicule pour m'ouvrir le coffre. «C'est tout ce que tu emportes?» il s'est étonné en désignant mon sac à dos. Sans me laisser le temps de répondre, il me l'a d'autorité retiré des mains pour le déposer dans le coffre, comme au temps où il venait nous chercher pour nous emmener camper à la montagne, avec Anne. «Tu as vu le coffre comme il est grand?» il s'est animé. «On pourrait sans problème y planquer un cadavre, comme dans les films américains.» J'ai hoché la tête, m'étonnant de ce que le mot *cadavre* ne m'évoquât pas nécessairement celui de Clément, recouvert d'un drap bleu à la préfecture de police. Mon père a refermé le coffre, s'est redressé. «C'est bon», il a poursuivi en consultant sa montre-bracelet avec l'anxiété qui le caractérisait, coude levé, en maintenant les bords du cadran entre le pouce et l'index de la main opposée. «C'est bon, on a le temps. Je crois même qu'on va arriver en avance.» Nous nous sommes installés. «Gaffe au cuir des sièges», il a complété en attrapant sa ceinture de sécurité. Ses tics grimaciers dans l'effort, le dos de ses mains constellé de lentigos, le mouvement involontaire de succion de ses lèvres au repos : tout cela contrastait avec ses cheveux mi-longs qu'il avait peignés en arrière avec un négligé étudié, avec sa chemise de lin blanc qu'il avait laissée ouverte sur un matricule de GI monté en pendentif, et avec son jean délavé de jeune homme démodé.

Il a démarré, s'est intégré avec une prudence obstinée à la circulation. Puis, comme c'était

suffisamment long et dégagé devant nous jusqu'au prochain feu, il a commencé à se détendre :
«Ça va ? Pas trop dur ? » Il avait tourné vers moi
son visage mais, d'un œil en coin, il continuait
de vérifier que son GPS affichait la bonne direction. «Si. Trop.» Au feu, il y avait un carrefour
avec un panneau indicateur marqué «Montparnasse». Mon cœur s'est aussitôt mis à pousser
contre ma poitrine. J'ai pris une brève inspiration : «Tu peux faire un crochet par Vavin, s'il te
plaît ? » j'ai demandé. «Hein ?» Mon père s'était
raidi comme à l'annonce d'un dégât des eaux
dans son salon. J'ai répété. «Qu'est-ce que tu
veux aller fabriquer à Vavin maintenant ?» il
s'est crispé tout en me jetant des regards noirs
par-dessus son épaule. «Je voudrais aller voir
quelqu'un», j'ai poursuivi sur le même ton exa-
gérément calme qui se déclenchait sitôt que je
sentais monter chez lui l'impatience et la colère.
Il a ouvert la bouche, s'est retenu de dire quelque
chose. Ses yeux ont fait un va-et-vient inquiet de
la route à son rétroviseur. Il a ralenti, enclenché
ses warnings, déboîté, freiné, haussé les épaules
tout en faisant des «non» exaspérés de la tête :
«Et puis, après tout, je m'en fous. C'est ton
avion, pas le mien.» En silence, me tournant
délibérément son dos voûté, ses lunettes toujours en équilibre sur son crâne, il a regardé les
voitures défiler dans le rétroviseur avec un détachement feint. Lorsque la voie a été libre, il a
braqué son volant à gauche et accéléré avec bru-
talité, dans un rictus figé mal accordé à son

audace. Dans un léger crissement de pneus, la jaguar a accompli un demi-tour sur le boulevard, avant de repartir en sens inverse, affolant le GPS au passage. Il n'a retrouvé à peu près son calme qu'une bonne minute plus tard, au premier feu rouge de l'avenue des Gobelins : «Juste que, si c'est pour me faire faire des détours au dernier moment, ce n'est pas moi qu'il fallait appeler pour t'amener à Roissy.»

Je ne l'avais jamais vu auparavant, je ne pensais pas le rencontrer là, je pensais même que je ne le croiserais jamais puisque, la première fois que Ghislaine m'avait signalé son existence, je m'étais dit : «Si par hasard il t'est donné de le rencontrer, évite-le.» En l'apercevant dans la salle d'attente de ce centre d'analyses médicales, j'ai aussitôt su que c'était lui. Deux écouteurs dans les oreilles reliés à une PlayStation portable qu'il tenait entre ses mains, il était assis seul sur une banquette, calmement concentré, sans l'air d'avoir rendez-vous ni d'attendre quiconque. À mon entrée dans la pièce déserte, il a levé vers moi de longs yeux marron clair qui étaient ceux de sa mère, et a poliment retiré l'un de ses écouteurs afin de répondre à mon bonjour. Pendant un instant, j'ai hésité à ressortir pour aller rejoindre mon père, mal garé boulevard Edgar-Quinet. «Tu es Walter Lee?» je me suis finalement ravisé en m'efforçant de sourire et d'adopter un ton d'adulte, à la fois détaché et bienveillant. J'avais un peu l'impression de jouer à poser ma main sur une plaque chauffante, histoire de vérifier si ça brûle. J'ai apprécié que son étonnement prenne le pas sur le jeu électronique. Sans oser me demander d'où je connaissais son nom, il a retiré le deuxième écouteur, posé la console sur ses genoux, et m'a regardé avec une expression enfantine malgré ses traits déjà affirmés d'adolescent, ce crâne rasé de petit dur et ces larges mâchoires. Un étonnement entier, tout à fait dénué d'ironie ou de méfiance, presque coupable. «Ta maman n'est pas là ?» j'ai enchaîné d'un air dégagé, en affectant de la chercher du regard aux quatre coins de la pièce. «Si», il a répondu, hésitant à rabaisser ses yeux sur l'écran, comme s'il attendait ma permission pour reprendre le cours de sa partie. «Et les vacances, ça se passe bien ? Tu ne t'ennuies pas ?» j'ai insisté en refoulant de mon esprit l'image de Clément en t-shirt et maillot sur une plage de Saint-Valéry-en-Caux, incapable que je me suis toujours montré d'économiser suffisamment d'argent pour l'emmener passer quinze jours là où la température de la mer est douce, en Corse, en Sardaigne ou à Malte, comme le lui proposait chaque année le Jean-Pierre de sa mère, et de m'épargner ainsi le chagrin de ne pas le regarder se baigner.

Ma question étant de pure rhétorique, l'enfant a répondu par un «non» de la tête tout aussi automatique. J'ai pris une longue inspiration, puis j'ai désigné la PSP : «Tu es en train de jouer à quoi, là? À SmackDown? GTA? Harry Potter?» Pour accompagner sa réponse, il a légèrement soulevé la console : «À FIFA 09.» «Tu ne préfères pas PES? Sur FIFA, le graphisme est moins précis, je trouve. On reconnaît mal les joueurs.» N'y connaissant rien, je m'entendais répéter mot pour mot les remarques de Clément et, curieusement, la montagne ne s'était toujours pas soulevée dans ma poitrine. C'était un peu comme si, marchant à travers une pluie de balles et de bombes, je m'étonnais d'être toujours vivant. «Oui, mais, sur FIFA, la jouabilité est meilleure.» J'ai fait la grimace : *«La jouabilité?* Ça se dit, ça, *jouabilité?*»

C'est à ce moment-là que Ghislaine est arrivée. Débouchant d'une pièce adjacente en blouse médicale et bandeau bleu dans les cheveux, elle a commencé par marquer un léger arrêt de surprise en refermant la porte derrière elle. «Vous avez fait connaissance?» elle a souri sur un ton affermi qui ne cherchait plus nécessairement à me ménager. Ses yeux se sont posés sur moi, puis sur Walter Lee, avec cette attention naturelle, totale, que je réservais jadis moi-même à Clément. Cette certitude viscérale que, aussi longtemps que nous resterions vivants lui et moi, nous ne serions jamais seuls. Peu importe les mauvais jours de l'un ou de l'autre, peu importe la gueule qu'il me tirait à table lorsque je le privais de PSP ou de télé, peu importe mes reproches et mes cris quotidiens dans le salon, peu importe mes «J'en ai marre de tes sales notes en maths», «Relève-moi ce jean avant que je ne le jette à la poubelle», mes «Mange correctement ou je te laisse dîner seul», mes «Disparais, ça me fera des vacances», mes «Débrouille-toi, je ne veux pas en entendre parler». Cette impression que, quels que soient mes regrets et mes frustrations personnels, quels que soient mes rêves inaccomplis, c'était lui et personne d'autre qui donnait du sens et du goût à mes journées. Que je n'avais pas besoin d'aller chercher plus loin que lui pour me trouver moi-même. Que mon bonheur, comme on dit, c'était de le voir heureux.

«Je voulais venir vous saluer avant de partir», j'ai expliqué en choisissant à dessein un terme aussi neutre que *saluer*, m'imaginant nécessairement qu'il me fallait, en présence d'un garçon de douze ans, éviter autant que possible toute effusion avec sa mère. Tout autant que j'évitais moi-même scrupuleusement les baisers ou les «je t'aime» avec les femmes que j'ai connues après Hélène lorsque Clément se trouvait aussi dans la pièce, obsédé que j'étais par l'idée qu'il pouvait s'en formaliser. «Ça me fait très plaisir», s'est émue Ghislaine qui, comme la plupart des femmes que j'avais connues, Hélène comprise, comme sans doute la plupart des gens normaux, femmes et hommes confondus, ne s'encombrait pas de pudeurs inutiles et n'hésitait pas à dire ce qu'elle pensait, en toutes circonstances. «Et puis, je voulais m'excuser, aussi», j'ai ajouté à voix basse, profitant de ce que Walter Lee avait recoiffé ses écouteurs et s'était replongé dans sa partie. Ghislaine a haussé des sourcils sincères : «Vous excuser? Mais de quoi?» La phrase semblait avoir été chantée. «J'ai été inconvenant, l'autre jour. Je regrette tout ce que je vous ai dit de moi. Il y avait du vrai, certes. Mais je ne suis pas uniquement cela.»

À l'autre bout de la salle, un homme est entré qui, apercevant Ghislaine, l'a aussitôt interrogée du regard. «On a bien reçu le fax, monsieur Mezouane», elle a lancé d'un ton gai dans sa direction, «Je vais vous chercher ça tout de suite.» Rassuré, l'homme s'est assis, a saisi une revue sur la table basse et s'est mis à feuilleter. Ghislaine a ramené son visage vers le mien, charriant toujours la même odeur de crème saine dans chacun de ses gestes : «Je le sais, que vous n'êtes pas uniquement cela.» Pendant un instant, nous nous sommes observés avec une sorte de gratitude mutuelle dans nos yeux, comme confortés l'un et l'autre dans l'idée d'une intimité possible. C'est moi qui ai détourné la tête en premier. «Bon, il faut que j'y aille. Mon père m'attend dehors», j'ai fait en indiquant la porte d'entrée d'un mouvement vague. À moins de deux mètres, les pouces de Walter Lee pianotaient sur la console dans un cliquetis continu de touches en plastique. Plus loin, l'homme tournait les pages d'un *Figaro Magazine.* Avec un parfait naturel, Ghislaine a levé le bras et posé sur ma tempe une main aux doigts secs et lisses qu'elle a fait doucement glisser le long de ma joue jusqu'à la pointe de mon menton : « Revenez vite. »

Je ne pouvais plus consulter l'écran des départs d'un aéroport sans penser à Clément. Karachi, Manille, Ottawa, Johannesburg, Lima : autant de villes dont il m'aurait instantanément indiqué la langue, la monnaie, le sport et les plats favoris des habitants. Et jamais je n'aurais pensé que la perspective d'un voyage en avion vers un pays de soleil me fasse ainsi l'effet d'un mauvais sourire, d'une fête qui ne me regarde plus. J'ai enregistré, passé les portiques détecteurs de métaux puis rejoint la salle d'embarquement sans le cœur à flâner dans les boutiques de duty-free, ni à déchiffrer les gros titres de la presse étrangère au kiosque, ni à détailler les visages des autres passagers, ni à scruter pour la énième fois dans le détail les pages utiles de mon passeport pour tuer le temps. « C'est drôle, les Anglais ils sont comme nous, mais on dirait qu'ils ne sont pas comme nous », avait remarqué Clément la dernière fois que nous avons pris l'avion ensemble, un Roissy-Stansted à 35 euros seulement par personne, mais qui, en réalité, s'était avéré deux fois plus onéreux avec les interminables trajets en train ville-aéroport-ville. Un week-end qui, avec la chambre d'hôtel que j'avais louée dans le quartier de Lewisham, à près de quarante minutes de la Tate Britain, avait pris le tour d'un enchaînement continuel et harassant de métros, de bus, de correspondances à prendre et de trépignements dans les queues des musées. «Regarde-moi ce coucher de soleil. Ils sont très célèbres, tu sais, les couchers de soleil de Turner», j'avais dit à Clément sur un ton petit-bourgeois de petit épargnant de la culture, celui que prenaient mes tantes lorsque, les samedis et dimanches où mon père avait mieux à faire que s'occuper de nous, pour faire diversion, elles nous emmenaient au Louvre ou au château de Versailles, Anne et moi.

Clément avait hoché la tête en me fuyant du regard, terrorisé à l'idée d'être aperçu en présence de son papa par un groupe bruyant de scolaires présent dans la salle, plus soucieux qu'il était de porter son jean suffisamment bas et ses baskets suffisamment délacées que de me plaire à moi en faisant semblant d'apprécier les couchers de soleil de Turner. «Je ne t'ai pas amené à Londres pour te voir faire ta tête d'ado en crise!» je l'avais froidement tancé en l'attrapant par le bras, prenant une revanche sadique à observer son visage se décomposer face au groupe de scolaires. Avant d'ajouter d'un air finaud : «Là, maintenant, ça te passe complètement au-dessus de la tête, Turner. Maintenant, Turner, tu t'en fiches. Mais plus tard, quand tu seras grand, lorsque tu entendras le nom de Turner, eh bien tu te souviendras de ce tableau et tu me remercieras de t'avoir amené ici, tu verras.» Voilà ce qu'en substance j'avais dit à Clément, présomptueusement, égoïstement persuadé que j'ai toujours été que mon fils réagissait à douze ans exactement comme je réagissais moi-même à son âge, et qu'il réagirait une fois adulte exactement comme je réagissais à présent.

« Ils sont à la fois comme nous et pas comme nous, les Anglais. C'est dans leur voix, leur façon de regarder, je ne sais pas. C'est difficile à dire. » Clément m'avait dit cela avec simplicité dans cette salle d'embarquement de Roissy, sans penser à son jean ni à sa casquette, avec ce ton doux presque grave qu'il avait lorsqu'il ne se souciait plus de paraître. « C'est fou ce que Clément me ressemble. » Voyant très bien où il voulait en venir avec les Anglais, voilà aussi ce que j'avais pensé immédiatement, convaincu que, devenu adulte, lui aussi ne se lasserait jamais du spectacle des autres, à la fois en retrait et fasciné, comme un vieil enfant, comme son père. Un peu plus tard, moi qui ai toujours craint l'avion par hantise de rendre mon fils orphelin, moi qui me suis toujours crispé lors des décollages, j'avais passé une main parfaitement détendue sur les cheveux de Clément bien arrimé au siège mitoyen du mien lorsque les réacteurs avaient poussé et que l'avion s'était mis à accélérer sur le tarmac. Sans doute avait-il pensé que, par ce geste, je manifestais ma joie de l'emmener à Londres seul avec moi. En vérité, je le caressais parce que je pensais alors que l'appareil pouvait bien aller s'écraser en bout de piste, ou ses deux réacteurs tomber en panne au moment de l'ascension de la carlingue dans le ciel, peu m'importait de mourir puisque ce serait en même temps que lui.

J'ai fermé les yeux, dégluti pour ravaler des larmes naissantes, puis tiré mon mobile de ma poche. Il devait être près de minuit à Nouméa : tant pis. J'ai composé le numéro de portable d'Anne et suis tombé directement sur son répondeur. Au risque de réveiller toute la famille, j'ai tenté le fixe. « Allô », a fait une voix d'homme au bout de cinq ou six sonneries. D'abord tenté d'interrompre l'appel, j'ai finalement dit d'un ton aussi neutre et expéditif que possible : « Laurent ? Salut, c'est Colin. Tu peux me passer Anne, s'il te plaît ? » À la fois agacé et impuissant face à la complicité qui nous liait Anne et moi, Laurent ne s'attardait jamais au téléphone. « Elle n'est pas là. Elle passe la soirée chez une copine. » Traduction : je ne te lâcherai rien de nos problèmes de couple. Il a hésité un instant, puis s'est lancé : « Euh, excuse-moi, j'ai un peu honte, je n'ai pas pu t'appeler, pour Clément. J'étais en Tasmanie, la ligne passait mal. Je voulais te dire que je trouve ça horrible. » « T'inquiète », j'ai abrégé sur un ton suffisamment dégagé pour lui signifier que je n'étais pas dupe de sa maladresse, mais sans lui faire perdre tout à fait la face. « J'ai essayé de t'envoyer un mail, il a insisté, mais je ne trouvais pas les mots justes. » « Pas de problème, je te dis. Allez, bye. » J'ai raccroché aussitôt, trop perturbé de n'avoir pu joindre Anne avant mon départ pour penser à détester Laurent encore davantage.

Il ne restait plus dans la salle qu'une vingtaine de passagers à embarquer. Les Noirs présentaient aux agentes du comptoir leur titre de voyage en donnant l'impression qu'ils étaient déjà parvenus à destination. Les Blancs, eux, affichaient cette subtile assurance que confère un meilleur pouvoir d'achat, ainsi qu'un passé colonial suffisamment lointain pour ne rien se faire reprocher. J'ai été tenté de renoncer à présenter mon billet à mon tour et de rentrer chez moi. Mais comme cette option n'offrait pas davantage de sens, je me suis levé, j'ai ramassé mon sac et je me suis dirigé à mon tour vers le comptoir d'embarquement. Un message sur mon téléphone. C'était Ghislaine : *Walter m'a demandé s'il allait vous revoir. Merci d'être passé. Vous avez la peau douce. Bon voyage.* Tout en cherchant mes mots dans ma tête, j'ai tendu ma carte d'embarquement et mon passeport à l'agente, rejoint l'avion par la passerelle, salué les hôtesses, gagné mon siège. Plus tard, tandis qu'une voix enregistrée ordonnait d'éteindre les téléphones portables, j'ai tapé en vitesse sur mon clavier : *Le cœur juste bon à vous renvoyer le compliment : Walter m'a touché et vos mains sont douces. À bientôt j'espère.*

Encore plus tard, ses réacteurs à bloc, l'appareil incliné se propulsait dans un azur sans taches. Puisque désormais je n'avais plus rien à craindre, j'ai fermé les paupières et, de tous mes vœux, prié pour un crash.

Il faisait nuit à Ouagadougou. Dans la salle des guichets d'immigration planait une humidité chaude et chargée qui m'a fait penser : «Un air à couper au couteau.» Une clameur humaine incessante, des interjections, des visages noirs partout, des vêtements aux couleurs ternies, des cigarettes qu'on allume, des tubes de néon à vif fixés au plafond, des murs nus écaillés et auréolés de moisissures qui résonnent. Ça sentait la sueur, la poussière, la crasse, le carton moite et le tubercule. Ma chemise et mon pantalon avaient chiffonné aux aisselles et à l'aine. Jamais je ne m'étais rendu aussi loin vers le Sud mais, dans ce choc étourdissant de la nouveauté, cela me paraissait étrangement familier, tout me remontait en mémoire comme les échos d'une vie antérieure.

Passé l'immigration, parmi une foule erratique de chauffeurs de taxi, de vendeurs à la sauvette de cartes téléphoniques prépayées et de rabatteurs en tout genre qu'éclairait à peine un réverbère solitaire, un homme s'est avancé vers moi main tendue. La quarantaine, chemisette repassée et claquettes aux pieds, petit, barbu, souriant, l'œil vif, humble et empressé, rien dans son style ni dans ses manières ne pouvait l'apparenter au dealer de La Courneuve. Dans un français accentué mais fluide et sans fautes, il m'a dit qu'il s'appelait Hamidou, m'a confirmé qu'il était l'oncle de Malik et m'a demandé si je préférais prendre un taxi ou, puisque je n'avais emporté qu'un sac à dos, monter à l'arrière de sa mobylette. J'ai répondu «votre mobylette» sans façons, moi qui, au Maroc, avais passé mon séjour à m'épuiser en politesses et hésitations inutiles pour ne surtout pas paraître trop arrogant aux yeux des gens.

Sur mon visage, le vent de la vitesse rendait la nuit encore plus douce. «Quand il fait nuit en été, ça me fait tout bizarre», m'avait confié Clément un soir que nous rentrions tous les deux de forêt par l'autoroute. «Ça me donne envie de quelque chose, mais je ne sais pas quoi.» «Moi aussi», je m'étais contenté de lui répondre, le cœur comblé, souhaitant qu'il comprît bien que personne au monde ne le comprendrait jamais aussi bien que moi.

En s'engouffrant dans mes yeux, l'air y faisait naître des larmes qui filaient aussitôt en me fouettant doucement les joues. Pour me protéger, j'ai ramené ma tête derrière la nuque de Hamidou, qui sentait la savonnette. Après une dizaine de minutes passées à longer de gros et longs boulevards plongés dans la pénombre et bordés de boutiques et de bars à enseignes lumineuses principalement vertes, Hamidou a ralenti puis coupé le moteur au pied d'un immeuble neuf de bureaux. «Voilà l'hôtel», il s'est réjoui en me précédant d'un pas alerte à l'intérieur du bâtiment, «Ça vous convient?» Avec son carrelage blanc, son meuble *design* en contreplaqué blanc et l'ordinateur posé bien en évidence dessus, la réception ressemblait plutôt à un local informatique des années 1990. Hamidou m'avait-il amené là pour rendre service à quelqu'un, ou tout simplement parce qu'il avait pensé que, venant d'Europe, je me sentirais davantage à mon aise dans ce type d'hôtel qu'ailleurs? Je ne sais pas. Non, ça ne me convenait pas. Mais ça m'était bien égal. Pour remercier Hamidou, j'ai néanmoins fait l'effort de l'inviter à prendre un verre avec moi au bar de l'hôtel avant de rentrer chez lui, proposition que, par bonheur, il a déclinée avec son inaltérable bonhomie. «Le taxi part demain à 13 heures, je viens vous chercher ici à midi», il a rajouté avant de nous adresser, à la réceptionniste et à moi, un salut de la main et de s'en aller. Un taxi? Pour aller où? Comme je ne ressentais pas une once d'angoisse à l'idée de n'avoir rien préparé pour ce voyage, j'ai préféré continuer de m'en remettre à cet homme en m'abstenant de le retenir pour lui demander des précisions, et je suis monté.

Un climatiseur de marque chinoise achevait de congeler bruyamment la chambre lorsque je suis entré. Ça sentait le propre inusité et la naphtaline. D'épais rideaux à insolites motifs de coquelicots et de tournesols recouvraient les fenêtres. Une lumière blafarde, caractéristique des ampoules économiques, s'échappait des abat-jour. Au mur, des photos encadrées de chevaux sauvages et de pommiers. On aurait dit que les propriétaires de l'hôtel avaient tout mis en œuvre pour faire oublier qu'on était en Afrique. J'ai remis une pièce de 1 euro au groom qui avait tenu à porter mon sac à dos et, la porte d'entrée refermée, j'ai coupé la climatisation, écarté les rideaux et fait coulisser la fenêtre d'aluminium. En bas, le boulevard consistait en une succession de banques, de compagnies d'assurances et de bars de nuit. Des gardiens en uniforme, armés de matraques en bois, assis sur des tabourets de jardin, veillaient au pied de chaque immeuble. Quelques rares taxis filaient sous les réverbères, hors service pour la plupart. Un rythme sourd de discothèque quelque part, des flots de rires féminins à intervalles réguliers. En face, deux hommes jeunes de type arabe fumaient en terrasse d'un snack-bar protégé par une haie plutôt arrogante de plantes vertes en jardinières blanches. Un troisième homme est venu les rejoindre à leur table, qui a aussitôt donné des ordres à un serveur noir en faction. Avec pour indice le nom du café, *Le Cedar*, inscrit à l'américaine en lettres lumineuses, j'ai présumé que le gérant et les deux clients étaient libanais. Au bout d'un moment, le garçon est revenu avec un plateau chargé de bouteilles de bière de 75 cl et de sandwiches cylindriques enveloppés dans du papier alimentaire blanc. Sans le remercier ni même le gratifier d'un regard, le gérant a attrapé les trois bières sur le plateau et, tandis que les deux autres types s'aspergeaient les bras et le cou de spray anti-moustique, il s'est mis à boire directement au goulot. «Je connais un traiteur libanais où ils font les meilleurs kebabs de Paris», j'avais dit à Clément un soir que, des sandwiches grecs et des sauces piquantes étalés sur la table basse du salon, nous regardions tous les deux l'équipe de France de foot en match amical à la télévision. «D'ailleurs, j'avais ajouté pour l'impressionner, ils n'appellent pas ça *kebab* là-bas, mais *chawarma*. Je t'emmènerai, tu verras.»

Comme j'ai pensé que Clément était mort sans que j'aie eu le temps de l'y emmener, la montagne a repoussé d'un coup, de ma poitrine jusqu'à mes tempes. J'ai refermé la fenêtre, tiré les rideaux et, après une douche rapide à laquelle se mélangeaient mes larmes, je me suis mis au lit en essayant de toutes mes forces, comme lorsque j'étais petit, de m'enfoncer dans le froid de l'oreiller pour oublier mes chagrins. Dans le rêve que j'ai fait cette nuit-là, Clément me demandait par téléphone d'un air paniqué quand je rentrerais à la maison.

À mon réveil, des rais incandescents de lumière encadraient les rideaux de la chambre. Avec le soleil qui, dehors, poussait avec une telle évidence, plus moyen de faire semblant, la pièce renouait de force avec son contexte tropical naturel. Je me suis levé pour écarter les deux pans d'étoffe. La luminosité était à ce point aveuglante qu'elle allait frapper directement à l'arrière de la boîte crânienne. En plein jour, le boulevard révélait un autre visage, plus cru, plus brutal. Dans un vacarme de moteurs et de klaxons, la chaussée était envahie par un trafic incessant, essentiellement de motocyclettes fabriquées en Chine, du même modèle que celle de Hamidou. La vie des trottoirs se mêlait à celle de l'asphalte. Des vendeurs de cartes téléphoniques, de fruits et de cigarettes à l'unité, cargaison à l'épaule, slalomaient tranquillement entre les véhicules. Un voile tenace de poussière rouge abolissait les contrastes, donnant aux vêtements des hommes, au métal des carrosseries, aux feuilles des massifs arborés et au béton le même aspect rouillé.

Après la salle du petit déjeuner, où le garçon m'a servi un café trop dilué ainsi qu'un tronçon ramolli de baguette et deux capsules individuelles de beurre et de gelée de groseilles, je suis sorti. J'ai commencé à marcher le long des trottoirs de la même façon que je le fais à Paris, c'est-à-dire sans prendre de précautions particulières. Mais, très rapidement, d'abord à cause des voitures garées sur les bas-côtés qui vous obligent à les contourner en empruntant la route, puis à cause des différents obstacles : trous, décharges sauvages, flaques, étals de légumes et ateliers improvisés, j'ai compris que l'exercice requérait un véritable effort d'attention et de concentration. Il faisait chaud, je marchais à l'aveuglette, sans chapeau, ni lunettes fumées, ni crème solaire, parmi une rumeur continue d'avertisseurs et de voix sans visages. Trois bons quarts d'heure durant, j'ai croisé des centaines de piétons, longés des dizaines d'échoppes d'artisans d'où s'échappaient en grésillant des musiques variées. J'ai traversé des porches de banques, des stations-service, des marchés, décliné vingt fois des propositions de cartes téléphoniques prépayées, sans que jamais mon regard se repose. Découragé, en sueur, sonné par le soleil, j'ai fini par regagner ma chambre climatisée où, en attendant Hamidou, j'ai tenté de suivre les programmes de la chaîne TV5 sur un écran parasité par la neige.

Lorsque je suis descendu à la réception, Hamidou m'y attendait déjà. «Bien dormi?» il m'a souri comme si j'étais un simple touriste désireux d'attaquer une journée entière de visites et de crapahutages. Il a passé un bref appel de son téléphone portable dans une langue que je ne comprenais pas, et nous avons de nouveau traversé la ville sur sa mobylette. Il avait changé de chemise mais il se dégageait toujours de sa nuque les mêmes effluves rafraîchissants de savonnette. Je pensais : «Il mourra sans doute sans jamais avoir enfilé une doudoune ni un passe-montagne de sa vie.» On a fini par déboucher sur un vaste terrain vague où stationnaient en grand nombre autocars et minibus. Toujours aussi direct, Hamidou m'a demandé 20 000 francs CFA pour aller acheter nos billets au comptoir de la gare routière. Nos billets ? Une nouvelle fois, je me suis abstenu de tout commentaire, plutôt rassuré, au fond, d'être accompagné par lui dans cette expédition mystérieuse. Où allait-on, au juste ? Est-ce que 20 000 francs CFA était le bon tarif ? N'avait-il pas mieux à faire que m'accompagner ? Toutes ces questions-là, j'ai fini par les trouver tout aussi inutiles, alors je ne les ai pas posées non plus.

Quelques minutes plus tard, un jeune homme débarqué de nulle part, sans doute la personne que Hamidou avait appelée au téléphone au départ de l'hôtel, est venu récupérer la mobylette. Comme au McDonald's de l'avenue Marx-Dormoy, où Malik et son copain mangeaient en silence leurs ailes de poulet, j'enviais l'absence totale de manières dans les rapports, cette disponibilité naturelle, cette faculté désarmante de rendre service sans demander son reste ou bien, à l'inverse, de recevoir sans se confondre en remerciements. Alors que le jeune type repartait sur la mobylette en évitant soigneusement les nids-de-poule du terrain vague, Hamidou et moi avons pris place dans un minibus Toyota où n'était pourtant inscrite aucune indication de direction, et où patientaient déjà une demi-douzaine de personnes. Parmi les conversations, dans une odeur d'encens froid et de patchouli, avec les fenêtres du véhicule ouvertes au maximum afin de laisser pénétrer du dehors un air chaud et immobile, j'ai entrepris de poser quelques questions de base à Hamidou. Il travaillait comme fonctionnaire au ministère burkinabé de l'Agriculture, avait exercé un temps à Bobo Dioulasso, se rendait une fois par an au Niger pour rendre visite à la famille de sa mère, avait brièvement tenté sa chance quelques années plus tôt dans le commerce du bois en Côte d'Ivoire, s'était marié, avait divorcé et élevait à présent seul sa fille de neuf ans. Il m'avait livré tout cela d'un ton égal et avec le sourire, sans la moindre trace d'amertume ou d'enthousiasme. Comment cela se faisait-il, en tant que fonctionnaire, que ses supérieurs hiérarchiques le laissent ainsi partir en minibus au beau milieu de la semaine ? Gagnait-il correctement sa vie ? Avait-il cherché un jour à émigrer en Europe ? Possédait-il seulement en banque de quoi se payer un billet d'avion ? Avait-il un ordinateur à la maison ? Son neveu Malik envoyait-il, à l'occasion, un peu d'argent de France pour aider ? Pourquoi est-ce lui qui avait la garde de sa fille, et pas sa mère ? D'ailleurs, qui s'en occupait, à l'heure qu'il était, de sa fille ? N'avait-il pas du remords à accompagner un inconnu plutôt que de rester auprès d'elle ? Autant de questions que, pour éviter tout impair, je n'ai évidemment pas posées.

Très vite, le minibus a quitté la ville pour se retrouver en pleine campagne, sur une route unique où les véhicules ont commencé à se faire rares. Dehors, de la terre rouge et des épineux à perte de vue, monotonie plate que venaient à peine contredire çà et là quelques arbres plutôt faciles à identifier : flamboyants, hibiscus, baobabs, et aussi d'autres espèces plus massives dont je ne connaissais pas le nom. Sur la banquette devant moi, une jeune mère tenait un nouveau-né enroulé dans un pagne. Là encore, pas de manières. Pas d'obsession sécuritaire, pas de caresses, pas de regards énamourés, pas de papouilles ou de mots attendris de la part des autres passagers. Juste, de temps en temps, un geste sûr et sec de l'épaule pour recaler la tête du nourrisson, un regard rapide, un sein sorti pour une tétée sans cérémonial. La mort d'un enfant, cela brisait-il irrémédiablement le cœur des mères, dans ces pays-là ?

Lorsque Clément était né, j'avais pensé : « Non, ce n'est pas le plus beau jour de ma vie, loin de là. » Pour tout dire, dans les heures qui avaient suivi sa naissance, je m'étais davantage préoccupé de l'inattention croissante d'Hélène à mon égard que du bébé. Et c'est pour ne pas laisser filer son amour à elle que j'avais décidé d'accorder une attention maximale à Clément. J'avais tenu immédiatement à lui donner son bain, à imbiber d'alcool et à enrouler la peau mourante du cordon ombilical sur la barrette de plastique chaque jour jusqu'à ce qu'il tombe de lui-même. Je l'ai bercé, j'ai changé régulièrement ses couches et ses vêtements et je me suis réveillé chaque nuit en même temps qu'Hélène sans broncher chaque fois que le bébé se mettait à

pleurer. C'est pour tenter de conserver l'attention d'Hélène que, du jour au lendemain, je
me suis transformé en papa fiable et concerné.
Jamais je n'ai avoué à quiconque que, à bout
de nerfs des hurlements de Clément, certaines
nuits, il m'est arrivé de le secouer ou de le pincer
pour le faire taire. Et que, m'apercevant que mes
tortures ne faisaient qu'aviver ses cris, je redou-
blais de cruauté pour le punir. Est-ce parce que,
bien que n'en sachant rien, Clément a gardé
imprimé dans sa chair le souvenir de ces nuits-là
que j'ai toujours eu l'impression qu'il m'en voulait ? Et que, rattrapé par une culpabilité dévo-
rante chaque fois que je me souvenais, j'ai pensé
que rien ne me réhabiliterait jamais assez à ses
yeux ?

Devant moi, la mère s'était assoupie, un
sein dans la bouche du nourrisson, également
endormi. J'ai tourné mon visage vers la vitre. Il
me semblait qu'une partie de ma détresse trouvait sa résolution dans ce paysage nouveau et
impartial, ni compatissant ni indifférent, un peu
comme une prise terre prévient un appareil
électrique défectueux d'un court-circuit fatal.
Après quatre heures de voyage dont une pause
essence-pipi-collation-prière dans un bourg dont
je n'ai pas retenu le nom, Hamidou m'a fait
signe et, comme s'il avait lu dans nos pensées, le
chauffeur a fait halte pour nous déposer tous les
deux au bord de la route. Il y avait quelques mai-
sons en dur ainsi qu'une large piste de terre
tracée perpendiculairement à la route. Hamidou

a sorti son téléphone portable de sa poche et s'est éloigné. Dans le jour déclinant mais encore chaud comme un four après cuisson, il a marché une cinquantaine de mètres, s'est hissé sur le capot d'une carcasse de Renault 16 abandonnée là et a eu à nouveau une brève conversation au téléphone, au terme de laquelle il est redescendu de la vieille R16 pour me rejoindre. « On vient nous chercher dans un quart d'heure », il m'a expliqué tout en me désignant, un peu à l'écart, une guérite où patienter. Là, nous nous sommes juchés sur de hauts tabourets de bois et deux jeunes femmes nous ont servi un café au lait très sucré. Tandis que Hamidou, manifestement familier des lieux, engageait une conversation gaie avec la première d'entre elles, je buvais en silence tout en observant les fines gouttelettes de condensation qui s'étaient formées sur les ailes du nez de la deuxième fille, laquelle était occupée à rincer dans une bassine des gobelets métalliques avec l'intérieur de son pouce. Il était impossible d'ignorer ses petits seins ronds et durs qui pointaient sans provocation sous son débardeur de coton. La peau de ses épaules paraissait douce, comme si on venait d'y étaler une crème de paillettes dorées. J'ai pensé à Ghislaine et, un court instant, le souffle du désir m'a fait oublier que j'étais malheureux et que ce ciel, si lointain fût-il de celui de Paris, que ce ciel si pur et si vaste s'était lui aussi effondré pour toujours sur ma tête.

Une dizaine de minutes plus tard, un nouveau

jeune homme est apparu. Dans un nuage à peine sonore de poussière, il maintenait droit d'une seule main le guidon de sa motocyclette en marche et, de l'autre, la fourche d'un vélo inoccupé qu'il traînait parallèlement. «Le voilà», a dit Hamidou en descendant de son tabouret. J'ai payé les cafés, salué les jeunes femmes et rejoint Hamidou. Le garçon, qui ne parlait pas français, m'a désigné la moto comme une invitation à m'asseoir à l'arrière. Hamidou, lui, s'est emparé du vélo. «Il n'y a pas de raison», j'ai protesté cette fois sans hésitation, «je peux très bien prendre le vélo, moi aussi.» Hamidou m'a dissuadé de la main tout en m'assurant en riant qu'il ne savait pas conduire ce modèle de moto là ni n'allait se ridiculiser à se faire conduire par un garçon en âge d'être son fils, et nous nous sommes mis en route.

Le soleil s'était couché lorsque, après quatre ou cinq kilomètres de piste sans croiser personne d'autre que quelques paysans marchant la houe à l'épaule, la moto est sortie de la route pour rejoindre, au bout de cinq cents mètres, un village de cases aux toits de paille. Je me suis retourné : il y avait beau temps qu'on avait semé Hamidou. Le garçon a garé la moto à l'entrée d'un enclos de branchages qui délimitait une concession de quatre cases entourant une cour commune. Deux femmes pilaient à tour de rôle dans le même mortier, une autre pilait seule avec un bébé sur le dos. Des enfants nus en bas âge mais déjà autonomes me fixaient hébétés. Des poules à hautes pattes traversaient la cour en caquetant. Le jeune homme m'a fait signe de patienter et s'est dirigé vers l'une des cases, au seuil de laquelle il s'est déchaussé avant d'entrer. Il en est ressorti quelques secondes plus tard, précédé d'un homme âgé, vêtu d'un long boubou, qui m'a aussitôt tendu la main. « Biala », il a prononcé en ouvrant une bouche dans laquelle n'était plantée qu'une dent unique, de travers. « Bonjour », j'ai niaisement répondu en attrapant la main qu'il m'offrait. Le vieillard s'est ensuite lancé dans un monologue dont je n'ai pas saisi le moindre mot, me bornant à approuver de la tête dans un sourire figé.

Entre-temps, une dizaine de personnes, adultes et enfants, s'étaient introduites dans la cour pour venir m'observer, moi qui présentais la particularité d'avoir la peau blanche en plus d'être étranger au village. Le vieillard m'a mené vers l'une des cases, devant laquelle une grande natte de nylon aux couleurs vives venait d'être déroulée par les femmes. Il m'a invité à m'y asseoir avec lui sous les yeux des curieux, dont les pieds demeuraient scrupuleusement en lisière du nylon. L'une des femmes a apporté une théière en plastique thermo-moulé qu'elle a inclinée vers moi. « C'est pour que vous vous rinciez les mains », m'a indiqué d'une voix un peu haletante Hamidou qui, le souffle court d'avoir pédalé aussi vite que possible, venait de nous rejoindre sur la natte. « Biala, biala. » J'ai tendu mes deux mains à l'extérieur de la natte et la femme a versé.

J'aimais le son caractéristique de l'eau se déversant en mince filet sur le sable. Cela formait des dizaines de petites billes humides et terreuses qui séchaient presque aussitôt sous l'effet de la chaleur accumulée dans le sol tout au long de la journée. Tout autour, le ciel s'embrasait d'un rose intense et l'air était tiède sur la peau. «Qu'est-ce qu'on fait ici, au juste?» j'ai fini par demander à Hamidou qui, à son tour, secouait ses doigts avec fermeté pour les sécher. Comme nos mains étaient propres, une fillette a déposé une calebasse sur la natte, ainsi que trois godets en plastique. «C'est de l'eau de mil», m'a précisé Hamidou qui n'avait pas répondu à ma question. «C'est pour nous souhaiter la bienvenue après le voyage. Il faut boire. C'est très bon, vous verrez.» J'avais l'impression de réinterpréter cette scène où, invité dans la hutte du chef guerrier arumbaya, Tintin est sommé d'apprécier une viande particulièrement épicée afin de ne pas vexer son hôte. Au diable les amibes, les hépatites et autres mises en garde des guides touristiques, j'ai écopé avec mon godet dans la calebasse et j'ai bu. Cela avait un goût de vase douceâtre. «C'est excellent», j'ai néanmoins souri sans trop de peine à l'adresse du vieillard. Hamidou a traduit et le vieillard a souri en approuvant de la tête. «C'est le papa de monsieur Fofana. C'est lui, le doyen de la famille», il m'a aussitôt confié en m'adressant un clin d'œil pétillant, «C'est important d'apprécier ce qu'il nous offre.» «Est-ce qu'ils savent au moins pourquoi je suis venu jusqu'ici ? » je me suis inquiété. Pour la première fois, Hamidou a cessé de sourire pour approuver gravement de la tête : « Oui, ils savent tous. »

Après l'eau de mil, trois chaises longues artisanales rappelant singulièrement des transats de plage ont été disposées côte à côte. Nous nous y sommes assis et, jusqu'à la nuit, Hamidou, le vieillard ainsi que deux ou trois voisins dont j'ai aussitôt oublié le visage sont restés à bavarder dans une langue qui, m'a dit Hamidou, était complètement différente de celle que je l'avais entendu utiliser à Ouagadougou. « Mais combien de langues est-ce que vous parlez ? » j'en ai profité pour lui demander. Il a compté sur ses doigts avant de m'annoncer « Six » sans la moindre ostentation, et de reprendre avec les autres le fil de la conversation. Pour m'occuper, j'ai observé les femmes piler le mil. Le regard vide, elles frappaient, sans discontinuer. Pour se reposer, elles faisaient régulièrement passer le pilon d'un bras à l'autre, sans jamais altérer le rythme. Parfois, elles lâchaient le pilon pendant quelques secondes pour se baisser et éprouver à main nue l'homogénéité de la farine et dissoudre des grumeaux rebelles. Puis le battement reprenait, sourd et aussi régulier qu'un métronome. Lorsque deux pilons œuvraient en même temps, cela donnait parfois lieu à de véritables phases musicales, avec des contretemps, des canons, des syncopes et des roulements. J'ai pensé que s'il m'avait fallu décrire le plus précisément possible le son du pilon dans le mortier, j'aurais dit : « C'est le même que certains bruitages de coups de poing dans les films d'action américains. »

Le ciel ayant viré au bleu profond, la nuit tombait très rapidement, mais avec une incomparable douceur dans cette cour. La conversation et les rires des hommes créaient un bourdonnement apaisant. Les femmes, qui avaient cessé de piler, avaient, dans la foulée, installé de grosses marmites de fonte sur les braises, dont elles remuaient à présent sans cesse le contenu fumant à l'aide de bâtons. J'ai pensé que j'aurais pu finir mes jours sur ce transat, à passer de la sorte du baume sur la mort de mon fils en attendant la mienne. J'ai sorti mon téléphone portable de ma poche. Pas de réseau, évidemment. « On attend quoi ? » j'ai à nouveau demandé à Hamidou, dont je distinguais de moins en moins nettement les traits à mesure que s'évaporaient les tout derniers cirrus encore lumineux dans le ciel. « Monsieur Fofana », il m'a répondu. « Il est à Ouaga, là. Il va arriver demain. »

Un peu plus tard, dans la nuit complète, j'ai vu une lampe à pétrole s'approcher de moi. Encore une fillette. « La douche », m'a traduit aussitôt Hamidou, devenu tout à fait invisible bien qu'assis à peine à quelques centimètres de moi. « Suivez la demoiselle. » Je me suis levé et j'ai suivi la lampe à pétrole qui s'est engagée sans hésiter entre les cases. La fillette s'est arrêtée, m'a tendu sans un mot la lampe puis a disparu dans l'obscurité. J'ai levé la lampe. J'avais été

mené au seuil d'une petite cellule humide constituée de murets de terre où flottait une lointaine
odeur d'urine. Au-dessus de ma tête, il y avait le
ciel étoilé. Un pagne sec ainsi qu'une savonnette
rose vif avaient été mis à ma disposition. En
abaissant la lampe, j'ai pu découvrir également
une paire de tongs propres ainsi qu'un seau
rempli d'eau à la surface duquel flottait un godet
identique à ceux qui avaient servi pour l'eau de
mil. J'ai trempé l'index. L'eau avait été chauffée
à température idéale par les braises de la cour.
J'ai posé la lampe sur le rebord du muret, je me
suis déshabillé puis, vêtu des seules tongs dont
les semelles adhéraient à la latérite mouillée, je
me suis lavé en regardant les étoiles pendant que
la flamme de la lampe dansait sur les murs. Puis
je me suis séché. L'eau argileuse avait rendu ma
peau douce et l'odeur de la savonnette sur mon
corps me donnait le sentiment idiot de m'intégrer davantage aux hommes d'ici.

Hamidou m'a succédé à la douche puis, à son
retour, nous sommes passés à table. Ou plutôt,
ce sont les femmes qui sont venues nous servir
directement à nos transats. D'autres hommes
dont je n'entendais que les voix sont venus
s'asseoir à proximité. «Biala, biala.» Lampes de
poche à la main, les femmes ont déposé à nos
pieds des jattes de *tô* fumant, semoule de mil
rouge tout juste issue des mortiers et des marmites de fonte. Penchés en avant sur le bord de
nos transats, on s'est à nouveau rincé les mains à
la théière en plastique, puis chacun s'est mis à

piocher à même la jatte avec ses doigts. C'était dense, tellurique et sucré. «Excellent», j'ai réitéré un peu hypocritement. «C'est encore meilleur si vous trempez là», m'a dit Hamidou en poussant vers moi une petite calebasse : «Sauce *baobab*.» J'ai pris un morceau de *tô* entre mes doigts et j'ai trempé dans la matière glaireuse en évitant de trop penser à tous les index, majeurs et pouces qui s'y étaient enfoncés avant les miens. Les hommes mâchaient en silence à la faible lueur de la lampe à pétrole et sous un ciel rempli d'étoiles, avec pour seule nappe le sable de la cour qui, depuis des années, trois ou quatre décennies ou peut-être davantage, absorbait chaque jour la même eau de lavage pour les mains et les mêmes gouttes visqueuses de sauce *baobab*. «Est-ce que tu te verrais vivre ici?» j'aurais certainement demandé à Clément si nous avions fait ensemble le voyage. J'aurais ajouté avec un air de défi : «Si loin de la ville, sans télévision, sans ordinateur, sans électricité, ni eau courante, ni supermarché?» Pour me plaire, et aussi un peu par esprit de bravade, il aurait sans doute répondu oui. J'aurais hoché la tête et ajouté quelque chose comme : «Oui, c'est vrai, c'est eux qui ont raison.» Mais sans être dupe de la réponse de Clément, sachant bien ce souci que je lui avais malgré moi légué de ne jamais décevoir les autres, au risque de s'abjurer soi-même. Comme la montagne se remettait à pousser contre mes paupières, j'ai décliné poliment la jatte de *tô* qu'on me tendait de nouveau et je me suis allongé dans mon transat. Protégé par l'obscurité, j'étais libre cette fois de laisser sortir les larmes. J'ai levé la tête vers les millions d'étoiles. En plissant mes yeux liquides, chacune d'entre elles paraissait démesurée.

Je me suis réveillé, tiré de mon sommeil par le chant trop proche d'un coq. Il faisait encore nuit. Les braises des foyers fumaient toujours au milieu de la cour et je pouvais percevoir les contours des silhouettes allongées sur des nattes dans la pénombre. J'étais le seul à qui l'on avait remis un matelas de mousse, eu égard sans doute à ma qualité d'invité autant que d'Occidental habitué au confort d'un vrai lit. Je ne me souvenais plus de la dernière fois que j'avais dormi à la belle étoile. Sans doute sur une plage de Normandie, avec Laetitia. Hamidou m'avait rassuré plus tôt dans la soirée : il n'y avait pas un seul moustique dans la région à cette saison. C'était vrai. J'ai activé mon téléphone portable, dont la jauge d'autonomie n'affichait plus qu'une seule barre : 2 h 16 du matin. Contredisant la légende, un coq pouvait donc se manifester longtemps avant l'aurore. Celui de la cour dont j'étais l'hôte n'était pas le seul. D'autres coqs des concessions environnantes criaient aussi, à des degrés divers d'éloignement. Au bout de quelques secondes, j'ai même réalisé qu'ils se répondaient les uns les autres, congrès sinistre auquel se sont rapidement joints deux ânes. Des chiens se sont mis ensuite à aboyer, puis des crapauds à coasser, puis d'autres animaux sont intervenus qui me paraissaient être des singes. Jamais je n'aurais cru possible un tel concert improvisé d'espèces vivantes aussi dissemblables les unes des autres. L'effet de surprise et la curiosité dissipés, comprenant que je ne me rendormirais pas de sitôt, j'ai commencé à maudire cette cour, la campagne et ses usages. C'était sans compter, vers 4 heures du matin, avec les premiers coups de pilon qui se sont mis à résonner dans le lointain, bientôt suivis par les femmes de la totalité des concessions du village. Pilonner, remuer dans les marmites de fonte, servir aux hommes le *tô* et la sauce *baobab*, retourner pilonner : je ne savais trop si je devais m'attendrir ou m'agacer devant un tel entêtement. Impossible donc de m'endormir jusqu'au petit déjeuner où, passé l'inévitable litanie des «Biala» que l'on pouvait s'entendre dire plusieurs fois par la même personne à quelques minutes d'intervalle, les femmes ont tout naturellement servi le *tô* fumant et la sauce *baobab*.

Peu avant midi, à bout de patience et d'ennui, j'ai prétexté une envie de me promener afin d'échapper au *tô* du déjeuner et j'ai demandé si je pouvais emprunter un vélo. Après les deux cents premiers mètres du chemin qui menait à la piste, j'ai compris que faire du vélo ici, c'était comme marcher sur les trottoirs de Ouagadougou, ça ne s'improvisait pas. J'ai grossièrement enroulé sur ma tête mon t-shirt sale de la veille et, au prix de plusieurs coups de soleil et de centaines de grammes de poussière avalés, j'ai parcouru les cinq kilomètres qui me séparaient de la guérite des jeunes femmes. On y servait à cette heure un poisson d'eau douce frit et froid accompagné d'un riz gras qui m'ont paru providentiels. Revigoré par mon déjeuner et par l'ombre de la guérite, j'ai composé un texto sur mon téléphone : *Suis au village, à 300 kilomètres de la capitale. Vie à la fois enviable et invivable. Je voudrais y être avec vous.* Je me suis levé, j'ai payé et, après avoir renoué mon t-shirt autour de mon crâne et récupéré ma bicyclette, j'ai pédalé jusqu'à la vieille carcasse de R16. Comme le signal était bien trop faible pour envoyer mon message, je n'ai pas insisté davantage et je suis rentré au village. À mon arrivée dans la cour, Hamidou et le vieillard occupaient les transats en compagnie d'un autre type qui fumait une cigarette. « Voici monsieur Fofana », m'a dit Hamidou en me désignant d'une main déférente cet homme qui pouvait avoir mon âge, vêtu d'un t-shirt floqué *Barack Obama for President*, chaussé de baskets blancs et qui ressemblait à s'y méprendre, en moins vindicatif, à l'acteur Tony Kgoroge. « Biala, biala. » Il m'a tendu la main en dévoilant des dents très plates et parfaitement alignées, quoique légèrement jaunies, sans doute par le tabac. « Il vous demande si vous vous plaisez ici », m'a traduit Hamidou après que le type eut ôté sa cigarette de sa bouche pour lui parler à voix basse. J'aimais la subtile combinaison d'assurance un brin crâneuse et de pudeur chez cet homme qui évitait de regarder droit dans les yeux lorsqu'il s'adressait à quelqu'un. J'ai répondu «Oui, beaucoup», et je l'ai remercié pour l'accueil exceptionnellement chaleureux qui m'avait été réservé par son père et par toute la famille, cela me touchait beaucoup. Après traduction, l'homme a souri avec modestie et s'est remis à fumer. N'osant évoquer Clément ou simplement l'interroger sur ce qu'il comptait faire de moi, je me suis tu, profitant de l'exceptionnel silence qui régnait dans la cour, avec les pilons au repos et les femmes endormies sur les nattes.

C'est, précisément, la reprise du tam-tam des pilons dans les mortiers qui m'a réveillé de ma longue sieste récupératrice dans le transat. Il était 17 heures et l'air et la couleur du ciel étaient en tous points identiques à ceux de la veille à la même heure. «Il va pleuvoir cette nuit», a pourtant pronostiqué Hamidou qui était occupé à installer une paire de piles neuves à l'intérieur d'un petit transistor. Les hommes allaient bientôt rentrer des champs, et monsieur Fofana était parti cueillir des plantes médicinales. Je me suis levé et, prétextant de nouveau le besoin d'aller me dégourdir les jambes, je suis sorti du village et j'ai marché longtemps à travers champs afin de trouver un lieu suffisamment isolé des paysans pour chier. À mon retour, les hommes étaient rentrés et l'activité de la cour battait son plein. «Biala, biala», pilons, mortiers et transats, nattes et eau de mil. Ce soir-là, une poule a été

tuée pour accompagner le *tô* et la sauce *baobab*.
Les hommes suçotaient longuement la chair et
recrachaient des os impeccablement nettoyés à
même le sable de la cour. À la fin du repas, toujours munies de leurs lampes de poche et d'une
balayette de paille, les femmes sont venues les
recueillir pour les offrir aux chiens.

En pleine nuit, Hamidou est venu me secouer
gentiment sur mon matelas. «Vite, réveillez-
vous!» il m'a chuchoté non sans impatience,
«Monsieur Fofana nous attend.» *Nous?* Je me
suis levé. Au loin, derrière la crête des collines,
un orage avait éclaté. Des éclairs ainsi que des
rideaux noirs de pluie couvraient le scintillement
des étoiles. L'air s'était nettement rafraîchi. En
silence, nous avons pénétré dans l'une des cases
de la concession. Dans une odeur de rance et
d'urine, au milieu d'un amas de jerrycans crevés,
de sacs de nylon imprimés et de ferraille rouillée,
monsieur Fofana était assis jambes croisées sur
un petit tapis de prière bon marché, entouré de
deux bougies fixées au goulot de bouteilles
vides de Coca-Cola. Il avait remplacé son t-shirt
Obama par une épaisse tunique artisanale à
motifs géométriques, et avait ôté ses baskets. Il
ne souriait plus. Impossible, dans son regard où
ne subsistait plus désormais aucune expression,
de déceler le moindre souvenir des quelques
heures que nous avions pu passer ensemble côte
à côte sur les transats. Il m'a ordonné de m'asseoir en face de lui et a commencé de son index
à tracer d'indéchiffrables arabesques dans le

sable, qu'il a aussitôt effacées de la tranche de sa main. Il a réitéré l'opération une dizaine de fois puis s'est immobilisé en fermant les paupières. Lorsqu'il les a rouvertes, il m'a demandé de m'approcher davantage. Puis il a levé sa main droite et a appliqué la partie dure de sa paume sur mon front tout en grommelant brièvement quelque chose. «Poussez dans la main avec votre tête», a traduit Hamidou qui paraissait absorbé par ce qui se déroulait sous ses yeux. J'ai poussé dans la paume avec mon front. Est-ce l'effet de mon imagination ou d'une simple propriété du corps humain, je suis certain qu'il émanait de la main de cet homme une nette chaleur, un peu comme lorsque enfant le médecin vous palpe le dos et la gorge avant de rédiger l'ordonnance. Tandis qu'il m'incitait à pousser plus fort dans sa paume sèche et ferme, il a posé sur ma nuque son autre main avec laquelle il s'est mis à exercer une pression dans l'autre sens. Au bout d'une longue minute, l'étau s'est relâché autour de mon crâne. Seule sa main droite continuait de couvrir mon visage. À quatre ou cinq reprises, il l'a passée de haut en bas en m'effleurant, comme une caresse. Ses doigts dégageaient une désagréable odeur de tabac qui m'empêchait de m'abandonner complètement. Il a renouvelé l'exercice en sens inverse, en partant du menton vers l'occiput. Il terminait chaque fois le mouvement un peu théâtralement, à la façon d'un prestidigitateur, en faisant mine de dissiper une substance nocive qui planerait au-dessus de ma tête. Puis il s'est arrêté en émettant un nouveau borborygme. «Voilà, c'est fini», a traduit Hamidou après un instant d'hésitation. «Comment ça, c'est fini?» j'ai demandé, «Qu'est-ce qui est fini?» «Je ne sais pas», s'est défendu Hamidou en haussant des épaules gênées, «C'est lui qui dit que c'est fini, ce n'est pas moi.» M'abstenant à nouveau de tout commentaire, j'ai demandé combien je devais à monsieur Fofana pour son intervention. «Rien du tout», m'a affirmé Hamidou. «Laissez plutôt un petit quelque chose pour les enfants quand vous repartirez, ça lui fera plaisir.» Je me suis levé, j'ai remercié monsieur Fofana et nous sommes sortis de la case, Hamidou et moi. L'orage ayant cessé, les étoiles avaient repris leurs droits au-dessus des collines. «Demain, il va faire beau», a prédit Hamidou qui avait retrouvé son air débonnaire. Je me suis remis au lit pour m'enfoncer rapidement dans un sommeil rectiligne qu'est à peine venu troubler un rêve où, ainsi que ma mère nous l'avait montré petits à Anne et moi, j'enseignais à Clément l'art de dire au revoir de la main à ceux qu'on aime, longtemps, jusqu'à ce que la personne ait complètement disparu de votre vue.

Pendant le *tô* du matin, Hamidou m'a annoncé qu'il allait rester quelques jours supplémentaires au village et que, si je le souhaitais, je pouvais également bénéficier de l'hospitalité de monsieur Fofana. Dans le cas contraire, le minibus pour Ouaga passait vers onze heures à la guérite, je n'aurais qu'à acheter un billet directement au chauffeur. Le garçon à la moto a été appelé. J'ai longuement remercié Hamidou pour son dévouement, en insistant pour qu'il fasse violence à sa pudeur naturelle et accepte les quelques billets que je lui tendais le plus discrètement possible. Je lui ai également remis de l'argent pour les enfants de monsieur Fofana, malheureusement reparti très tôt pour la cueillette de ses plantes médicinales. Je suis allé ensuite saluer une à une les femmes de la cour qui, pour l'occasion, avaient consenti à lâcher quelques instants leurs pilons. Puis je suis monté à l'arrière de la moto. Ce n'est que lorsque les cases de la concession ont tout à fait disparu de mon champ de vision que j'ai cessé d'agiter la main dans leur direction et que je me suis retourné pour regarder le paysage qui défilait de chaque côté de la moto. Au cours des cinq kilomètres de piste, je me suis fait la remarque que l'intervention de monsieur Fofana n'avait pas changé grand-chose et que penser à Clément restait pour moi une épreuve, toujours aussi insurmontable.

Onze heures approchaient lorsque le jeune homme m'a déposé devant la guérite. Pour le remercier lui aussi de ses services, je lui ai remis un billet de 5 000 francs CFA et j'ai dû insister avec force gestes pour l'empêcher d'attendre avec moi le minibus, histoire de me ramener au village au cas où il ne passerait pas ou accuserait un retard trop important. Il a fait mine de s'éloigner à moto, mais je l'ai bien vu s'arrêter quelque

200 mètres plus loin, caler la moto sur sa béquille et s'asseoir à l'ombre d'un acacia pour patienter sans m'importuner. Alors je me suis tourné et j'ai regardé l'asphalte devant moi. De part et d'autre, à des centaines de mètres de là, la route absolument déserte et droite s'évanouissait dans un horizon si chaud qu'il en paraissait vaporeux. «Qu'est-ce que tu ferais, si je mourais?» m'avait demandé Clément vers huit ou neuf ans, un soir que, allongé à ses côtés dans son lit, je lui caressais les cheveux pour qu'il s'endorme. C'était l'un de ces soirs où, au prétexte de le rassurer pour la nuit à venir, c'est moi qui en profitais pour me blottir contre lui et sentir mon cœur plein. «Je me tuerais», je lui ai répondu sans hésiter, accentuant la pression de mes doigts sur ses cheveux. «Tu te tuerais comment?» avait poursuivi Clément d'une voix douce et presque avec délectation, puisqu'il n'y avait qu'en se faisant un peu peur qu'on pouvait se rendre encore plus heureux qu'on l'était à ce moment-là l'un et l'autre. «Je ne sais pas comment, mais je me tuerais. C'est sûr.»

À tout hasard, j'ai marché de nouveau jusqu'à la vieille R16. La batterie de mon téléphone était quasi vide mais, par miracle, le signal de réception était excellent. Quelques heures plus tôt, j'avais reçu un message de Ghislaine : *Pas de nouvelles. Comment se déroule le voyage? Vous rentrez quand?* J'aimais le choix du verbe *dérouler* qui dénotait un esprit précis et noble, sans affectation. J'ai aimé aussi le côté direct du *Vous ren-*

trez quand ? J'ai même trouvé assez érotique cette impatience exprimée un peu brusquement, contre toute attente. Dans la partie haute du cadran de mon téléphone, une icône de pile électrique barrée d'une croix rouge menaçante venait de se mettre à clignoter sans discontinuer. J'ai cherché mes mots pendant quelques instants puis j'ai commencé à composer un message de réponse. Le simple fait de presser les touches sur le clavier a suffi pour consommer d'un seul coup le reste d'énergie de mon téléphone. L'instant d'après, le clignotement intempestif avait cessé. Mon écran, où ne s'affichait désormais plus rien, ressemblait à une page blanche, mais rétive à toute inscription.

DU MÊME AUTEUR

Aux Éditions P.O.L

LE TOUR DU PROPRIÉTAIRE, 2000.

DEMAIN SI VOUS LE VOULEZ BIEN, 2001.

ONE MAN SHOW, 2002 (Folio n° 4091).

RADE TERMINUS, 2004 (Folio n° 4310).

J'ÉTAIS DERRIÈRE TOI, 2006 (Folio n° 4583).

BEAU RÔLE, 2008 (Folio n° 4909).

LE ROMAN DE L'ÉTÉ, 2009 (Folio n° 5244).

TU VERRAS, 2011 (Folio n° 5492).

LA LIGNE DE COURTOISIE, 2012.

Composition Nord Compo
Impression Novoprint
à Barcelone , le 21 janvier 2013
Dépôt légal : janvier 2013
1er dépôt légal dans la collection : octobre 2012
ISBN 978-2-07-044839-5./Imprimé en Espagne.

252736